Les années du silence

Tome 3

La Sérénité

COLLECTION FOCUS

ROMANS EN GRANDS CARACTÈRES

Louise Tremblay-D'Essiambre

Les années du silence

Tome 3

La Sérénité

Guy Saint-Jean
ÉDITEUR

Catalogage avant publication de Bibliothèque et Archives nationales du Québec et Bibliothèque et Archives Canada

Tremblay-D'Essiambre, Louise, 1953-
Les années du silence [texte (gros caractères)]
(Focus)
Éd. originale: 1995.
L'ouvrage complet comprendra 6 v.
Comprend des réf. bibliogr.
Sommaire: t. 1. La tourmente — t. 2. La délivrance — t. 3. La sérénité.
ISBN 978-2-89455-249-0 (v. 3)
I. Titre. II. Titre: La tourmente. III. Titre: La délivrance.
IV. Titre: La sérénité. V. Collection: Focus (Laval, Québec).
PS8589.R476A75 2006   C843'.54   C2006-941252-9
PS9589.R476A75 2006

Nous reconnaissons l'aide financière du gouvernement du Canada par l'entremise du Programme d'Aide au Développement de l'Industrie de l'Édition (PADIÉ) ainsi que celle de la SODEC pour nos activités d'édition. Nous remercions le Conseil des Arts du Canada de l'aide accordée à notre programme de publication.

Gouvernement du Québec — Programme de crédit d'impôt pour l'édition de livres — Gestion SODEC

Page couverture: reproduction d'une huile sur toile de Gilles G. Gosselin, *Mon père œuvrant aux champs, rang Saint-Gabriel, Sainte-Marie-de-Beauce*, 1990. 86,5 X 117 cm. Collection privée (Robert et Johanne Norchet) Saint-Lazare, Québec.

Conception graphique: Christiane Séguin
Dépôt légal — Bibliothèque et Archives nationales du Québec, Bibliothèque et Archives Canada, 2007
ISBN: 978-2-89455-249-0

Distribution et diffusion
Amérique: Prologue
France: Volumen
Belgique: La Caravelle S.A.
Suisse: Transat S.A.

Guy Saint-Jean Éditeur inc.
3154, boul. Industriel, Laval (Québec) Canada. H7L 4P7. (450) 663-1777.
Courriel: info@saint-jeanediteur.com Web: www.saint-jeanediteur.com

Guy Saint-Jean Éditeur France
48, rue des Ponts, 78290 Croissy-sur-Seine, France. (1) 39.76.99.43.
Courriel: gsj.editeur@free.fr

Imprimé et relié au Canada

À mes enfants et
mes petits-enfants...

Tout ce qui tremble et palpite,
tout ce qui lutte et se bat...

Tout ce que j'ai failli perdre,
tout ce qui m'est redonné...

Pouvoir encore partager
ma jeunesse et mes idées
avec l'amour retrouvé...

Pouvoir encore te parler,
pouvoir encore t'embrasser,
te le dire et le chanter...

Que c'est beau,
c'est beau la vie...

Jean Ferrat
C'est beau la vie.

Que serais-je sans toi
qui vins à ma rencontre?...

que cette heure arrêtée
au cadran de la montre...

Pourtant je vous dis
que le bonheur existe
ailleurs que dans le rêve...

Jean Ferrat
Que serais-je sans toi?

Note de l'auteure

Je suis devant mon ordinateur et j'ai le cœur tremblant. Ce matin, je vais retrouver des amis perdus de vue depuis quelque temps. Je suis à la fois anxieuse et impatiente. Dois-je me faire belle pour ne pas les décevoir? Il y a si longtemps! Cécile et Jérôme... Malgré moi, je sens mes lèvres s'étirer en un grand sourire. Ça me fait plaisir de savoir qu'ils vont à nouveau partager un bout de chemin avec moi.

Quand je les ai connus, ils avaient vingt ans. L'âge pour être heureux. Pourtant Cécile et Jérôme n'ont pas vraiment goûté au bonheur. Alors qu'ils ne s'y attendaient pas, la vie les a séparés. Chacun de son côté a tenté de se réaliser. À leur façon, petit à petit, ils ont tout de même réussi à être heureux. Malgré cela, ils n'oubliaient pas. Le regard de l'autre restait posé sur leur vie. Comme une attente. Comme une grande soif non désaltérée. De loin, sans oser intervenir, je les ai suivis au fil des années. J'ai partagé leurs espoirs et leurs déceptions. Quand je les ai quittés, ils venaient de se retrouver, incrédules, un peu méfiants. Ils étaient dans un cimetière de France et la vie leur proposait un retour inattendu. Leurs corps accusaient la soixantaine. Leur chevelure avait blanchi et leur visage ridé. Mais le cœur, lui, venait de bondir en arrière. Ils avaient à nouveau vingt ans...

Aujourd'hui, ils sont revenus à la maison. Sous ce ciel de Beauce qui a parfois des teintes de Normandie, je les vois marcher devant moi, main dans la main, à l'orée d'un grand champ d'épis déjà hauts, mais encore verts. Le ciel est brumeux. Il fait chaud. De cette chaleur particulière, un peu collante, que l'on connaît quand le mois d'août choisit de ressembler à juillet. Ils se parlent à voix basse. J'entends un rire. Leur démarche se fait plus lente, pendant que Cécile glisse son bras sous celui de Jérôme en lui murmurant quelque chose à l'oreille. Un autre rire fuse au-dessus du champ de maïs. J'ai l'impression d'être indiscrète. Je suis un peu mal à l'aise. Mais voilà qu'ils se retournent vers moi et me tendent la main. J'hésite encore. Je ne sais pas si j'ai le droit de les déranger. Ils ont tellement mérité cette intimité. Puis Cécile me sourit. De ce sourire un peu triste qui est le sien. Et voilà Jérôme qui se dégage de l'emprise de Cécile et me fait un large signe avec le bras, se soutenant de l'autre avec sa canne. Je les regarde, et subitement, mes réticences fondent comme neige au soleil. Je crois qu'ils m'attendaient. Alors je remonte dans le temps pour être avec eux en cet été 1984. Je m'élance vers ces deux personnages qui ont décidé de venir me chercher. J'ai le cœur tout léger.

Je viens de comprendre que je me suis terriblement ennuyée d'eux...

PARTIE I

Le retour

1

Lourdement, d'un pas hésitant et appuyé sur sa canne, Jérôme se dirige vers le fond du champ, là où se dresse, à l'orée du bois, la vieille cabane à sucre, désertée depuis le décès de son père, il y a cinq ans. L'homme se sent malhabile sur cette route de terre accidentée et sa démarche se fait prudente. Au monastère, à Caen en France, il n'y avait que des allées fleuries, bien entretenues, et cela faisait un bon moment déjà qu'il avait remisé sa canne. Mais ici, c'est bien différent.

Tout doucement, une journée à la fois, Jérôme apprend à reconnaître son monde. Comme si l'une après l'autre, les pièces de son puzzle personnel, longtemps étalées pêle-mêle sur une table, trouvaient leur place et consentaient finalement à s'emboîter les unes aux autres.

Depuis qu'il est revenu sur la terre ancestrale, Jérôme Cliche a la très nette sensation de pouvoir enfin respirer à fond.

Et cela lui fait un bien immense. Même sa jambe blessée à la guerre lui semble moins raide. Il n'y a que l'absence de Don Paulo qui se fait cruellement sentir.

À mi-chemin entre la maison et la cabane à sucre, Jérôme s'arrête. Le ciel est lourd d'un probable orage à venir et il n'y a pas le moindre souffle d'air. Un oiseau l'interpelle puis le silence revient. Jérôme prend une profonde inspiration et porte le regard jusqu'à la rivière que l'on devine plus bas, vers le village. Rien ne bouge. Une torpeur à la fois douce et lourde recouvre la campagne et Jérôme n'a qu'une seule envie. Celle de se laisser emporter par elle. Après quarante ans de vie monastique, le calme et la tranquillité sont pour lui des amis, des complices. Il sait que jusqu'à son dernier souffle, il aura ce fréquent besoin de solitude. Cela fait désormais partie de lui et il n'a pas l'intention de le renier. À nouveau, il prend une longue inspiration, les yeux sur l'horizon, là où le ciel courtise la cime des arbres sur la colline, de l'autre côté de la rivière.

Lentement ses traits tourmentés se détendent. Il dessine un demi-sourire. Il est bien.

Reprenant sa marche, il essaie d'accélérer l'allure. Il redresse les épaules et tente de mettre le moins de poids possible sur sa canne en gardant prudemment les yeux au sol. Il se reposera sur le vieux fauteuil bancal dans un coin de la cabane. Jérôme, secrètement, a décidé de se remettre en forme. L'été prochain, il reprendra la direction de la ferme. Cela ne plaira peut-être pas à Paul-André, son cousin, mais Jérôme saura lui faire accepter la situation. D'avoir été dépossédé de tout bien pendant presque une vie donne encore plus de prix et d'importance à cette terre qui aurait dû être sienne depuis longtemps.

Chaque jour, il s'y promène en conquérant.

Et il profite de ses longues promenades comme d'une thérapie pour redonner un peu de force et de souplesse à ses muscles endormis. Le léger travail qu'on lui confiait au verger du monastère n'a pas suffi pour garder la vigueur de sa jeunesse. Pourtant à soixante-deux ans, il sent qu'au fond de lui persiste une résistance, une énergie latente qui attendent d'être sollicitées et employées. Ses cheveux ont blanchi, il est vrai, et ses épaules se sont légèrement voûtées. Mais il est toujours le même.

Depuis un mois qu'il est ici, Jérôme Cliche reprend, petit à petit, la place qui lui était destinée.

La petite cabane de bois chaulé, toute propre, dont il gardait souvenir ressemble aujourd'hui à un grossier assemblage de planches grisâtres. Un coin du toit s'est affaissé et la porte est sortie de ses gonds. D'un coup d'épaule, Jérôme l'envoie au sol et il entre dans un réduit sombre et humide. Les fenêtres noircies par de la vieille cendre et barbouillées par les violentes pluies d'automne filtrent encore un peu plus la lumière déjà blafarde de cette journée grise. Malgré tout, Jérôme sourit. Dans le coin arrière, près de la bouilloire à sirop, le vieux fauteuil en cuir tabac est fidèle au poste. Et de le voir là amène une curieuse sensation de détente dans le cœur de Jérôme. Cette mémoire qui l'avait si longtemps abandonné, est revenue, plusieurs années plus tard, avec une rigueur qui l'émerveille chaque fois. Appuyant sa canne contre le mur, il s'approche du vieux poêle de fonte, y passe tout doucement une main nostalgique. Puis au moment où il relève les yeux, il fait la grimace. Jadis si confortable lors des longues nuits à surveiller l'évaporation de la sève, le fauteuil a été rongé par les mulots. Jérôme pousse un soupir. Pas question de s'y asseoir, le coton du capitonnage pend en longs filaments sales et laisse deviner quelques ressorts tordus. Il revient sur ses pas, reprend sa canne et passe à l'extérieur.

À gestes maladroits, le dos contre le tronc d'un érable, il arrive à se laisser tomber sur l'herbe. Puis il relève les yeux. Le décor est d'une tristesse navrante. Mais voilà, étrange cadeau du ciel, qu'un rayon de soleil inattendu se glisse entre deux nuages et vient se poser sur la cheminée de métal rouillé, posée de guingois sur le toit de tôle. Quelques poussières de pollen dansent dans la spirale lumineuse redonnant curieusement un peu de panache à la cabane décrépite. Alors Jérôme se surprend à sourire tout en baissant les paupières. Il revoit le bâtiment au temps de sa jeunesse: blanc et rouge comme la maison principale. L'odeur de l'eau qui s'évapore lui monte aux narines et il entend le tintement joyeux des grelots posés sur le licou de la jument qui fait la tournée des érables. Il entend même les sifflements de son père qui encourage la vieille bête à avancer dans la neige lourde du printemps. Pour Jérôme et son père Gabriel, le temps des sucres était comme des vacances au milieu du labeur de la ferme. Comme une récompense. Jérôme comprend que l'an prochain, quand le printemps reviendra, cette envie de s'enfoncer dans le silence des bois sera toujours là. L'appel des sucres sera plus fort que tout. Comme l'odeur des pommiers en fleurs à Caen faisait invariablement naître une attente en lui, année après année, même au plus dense de son amnésie. À cette époque, il se contentait de s'en amuser, sans comprendre. Aujourd'hui, il est devenu exigeant face à la vie, face à lui-même et il ne pourra se contenter du souvenir. Mais pour s'offrir ce beau plaisir, il lui faut rafraîchir la vieille cabane pendant l'été.

Pendant quelques instants encore, respirant l'air sucré de l'été, il laisse les souvenirs prendre possession de tout son être. Il se revoit gamin, puis adolescent et finalement jeune homme. Cette terre était la sienne et il y était profondément attaché. À vingt ans, l'avenir était déjà tout tracé comme les sillons bien droits attendant les semailles. Et à ses côtés se tenait une femme. La belle et douce Cécile, l'amie d'enfance, la presque sœur, qui avait accepté de partager ses espérances. Ils en parlaient souvent, le soir, quand ils se promenaient le long du rang du Bois de Chêne qui menait de sa ferme à celle d'Eugène Veilleux, le père de Cécile. Ils s'aimaient tellement! Et Cécile se retrouva enceinte.

Mais les jeunes amoureux ne s'inquiétaient pas. On n'avait qu'à avancer la noce d'un an. Quand on s'aime, rien n'est impossible! C'était sans compter l'autorité tranchante d'Eugène. Malgré l'urgence de la situation et l'ombre de la guerre, il n'était pas question que Cécile se marie obligée! Sa décision était irrévocable: on ne salirait pas le nom des Veilleux. C'est là que la vie leur avait échappé. Cécile était partie vivre à la ville, chez sa tante Gisèle, la sœur d'Eugène, et avait donné naissance à une petite fille qu'ils avaient appelée Juliette dans le secret de leurs cœurs. Puis Cécile était revenue. Malgré ce revers de la vie, cette cruelle séparation, les deux jeunes n'espéraient qu'une chose: se marier le plus rapidement possible et tenter de retrouver leur bébé. Et comme les parents semblaient d'accord, pour ce qui était du mariage... À nouveau, l'avenir semblait radieux.

Malheureusement, c'est à cette même époque que Jeanne, la mère de Cécile, était morte en couches, confiant à sa fille aînée ce petit bébé fragile qu'elle venait de mettre au monde. Déchirée entre deux amours, Cécile avait choisi de donner une chance à son petit frère Gabriel et demandé à Jérôme de reporter la noce encore une fois. N'y comprenant rien, refusant même de comprendre, le jeune homme n'avait eu d'autre choix que de se présenter à Valcartier, pour faire son service militaire. Un an plus tard, il se portait volontaire pour aller se battre en Europe. Il avait enfin accepté les raisons de la douce Cécile. Parce que Cécile avait choisi la vie. À son tour, à sa manière, Jérôme allait lui donner une chance d'être meilleure. Pour lui, pour Cécile, pour des tas d'enfants qui devaient ressembler à Juliette. En juin 1944, sur la plage de Bernières, appelée Juno lors du Débarquement de Normandie, Jérôme avait été touché à la tête et à une jambe. On l'avait laissé pour mort. Les Résistants l'avaient trouvé le lendemain, agonisant, sans papiers et l'avaient confié aux moines du monastère. On avait bien tenté de retracer ses origines mais sans succès. Quand Jérôme était enfin sorti du coma, l'automne suivant, il n'avait plus aucun souvenir. Les moines l'avaient donc baptisé

Philippe. Ils lui avaient tout appris, comme à un enfant.

Ce n'est que douze ans plus tard, par un curieux hasard, que la mémoire lui était revenue. Aussi claire et précise que le brouillard de son amnésie avait été dense. Philippe avait été un homme insécure, maladroit, à la réflexion lente et imprécise. En revenant à lui, Jérôme avait repris toute la place. Il avait pourtant décidé de rester au monastère. Sa vie au verger et à la cidrerie se rapprochant de ce qu'il avait toujours voulu, l'avenir lui semblait tout tracé. Le destin avait décidé pour lui. Sans l'avouer, il avait peur de revenir chez lui et trouver Cécile mariée à un autre. Et heureuse. Cette absence faisait en sorte que Jérôme avait l'impression d'avoir encore et toujours vingt ans. Les années passées n'existaient plus. Alors il a eu peur de souffrir. Peur de faire souffrir celle qu'il voyait toujours avec le regard de l'homme amoureux. En accord avec Don Paulo, le directeur du monastère et son ami, il était resté Philippe. Personne au monastère, hormis Don

Paulo, ne savait que Jérôme avait retrouvé la mémoire et son passé. Et la vie avait déroulé une trame calme et sereine avec, inscrite au fond du cœur, l'image d'une jeune femme blonde au regard de nuit.

Quarante ans plus tard, il avait à nouveau croisé ce regard. Au cimetière militaire, au matin du quarantième anniversaire du Débarquement en Normandie. Cécile, veuve et n'ayant jamais oublié l'amour de sa jeunesse, était venue se recueillir sur la tombe du soldat inconnu et lui, il était là pour prier sur celle de Pierre Gadbois, un ami d'enfance qu'il avait retrouvé en Angleterre et qui était mort dans ses bras. À cet instant précis, Philippe s'était éclipsé à tout jamais. Jérôme est conscient que cette partie de sa vie restera toujours tapie dans quelque recoin de son être, modulant inexorablement la nature de ce qu'il est foncièrement. Mais à partir du moment où Cécile et lui s'étaient reconnus, Jérôme s'était imposé et avait repris sa place.

Cécile était repartie quelques jours plus tard et il était revenu au pays depuis un mois, après toutes sortes de tracasseries administratives. Il avait retrouvé Mélina, sa mère, âgée de quatre-vingts ans mais toujours aussi alerte et une sœur, Judith, née un an après sa disparition. Judith était mariée, avait quatre enfants et vivait avec sa famille à Sainte-Foy, en banlieue de Québec. Lui, tout naturellement, était revenu dans la Beauce, chez sa mère, chez lui. Cécile vit toujours dans son appartement, à Sillery et est encore médecin consultant à l'Hôtel-Dieu, mais elle vient passer toutes les fins de semaine auprès de lui. Tout doucement, ils apprennent à se connaître et à se reconnaître. Sans rien brusquer. Il y a aujourd'hui toute une vie entre eux. Sans avoir parlé de ses sentiments, une curieuse pudeur le retenant chaque fois, Jérôme a choisi de laisser le temps faire son œuvre. La sagesse venant avec les années, il sait qu'il ne sert à rien de précipiter les choses.

Pourtant, Jérôme souhaite que Cécile accepte à nouveau de partager les années qu'il leur reste...

Pendant un moment encore, il reste immobile, l'esprit tourné vers le passé.

Puis il fait un grand sourire. Pourquoi parler au passé? La vie n'est pas finie. Même si toutes ces années lui laisseront toujours un petit goût amer dans la bouche, elles ont probablement préparé ce qui vient et soudain il a l'impression que sa vie, la vraie, celle qu'il attendait, vient à peine de prendre son envol. N'a-t-il pas à nouveau vingt ans? Et des projets pour occuper une longue existence?

Alors, Jérôme se redresse. Il faudrait peut-être voir à la cabane à sucre. Et pas dans deux mois!

Jérôme se relève le plus vite possible et attrapant sa canne d'un geste décidé, il va faire le tour de la cabane. Les dégâts ne sont pas si importants. L'entreprise est réalisable par un homme seul. Même avec sa jambe raide. De toute façon, Jérôme a tout son temps. On n'est qu'en août et Paul-André a les opérations de la ferme bien en main. D'autant plus, qu'avec la nouvelle machinerie, Jérôme serait bien en peine de l'aider. Il a du temps à rattraper. C'est sa résolution pour occuper l'hiver: apprendre à connaître les nouveaux instruments aratoires afin de planifier correctement la saison à venir. Avec le concours de Paul-André. En association peut-être.

— Et pourquoi pas? murmure-t-il, un peu surpris par cette idée qui vient de lui traverser l'esprit et qui a un petit quelque chose de rassurant.

Oui, ce serait là une bonne idée: s'associer à Paul-André pour exploiter la ferme...

Puis il reprend le chemin de desserte qui mène à la grande maison blanche et rouge. Mais cette fois-ci, son allure a retrouvé un je ne sais quoi de plus sûr. Comme une confiance nouvelle qui guiderait ses pas. L'appui sur la canne se fait plus léger...

Arrivé tout près du potager, en apercevant Mélina sur la galerie, il lève le bras qui tient sa canne pour la saluer, particulièrement ému. Sa mère n'a pas changé: tous les jours, sur le coup de midi, quand le repas est prêt, elle vient attendre son monde en se berçant sur la galerie. De mai à octobre. L'hiver, elle tricote au coin du feu... Et de la voir là, comme dans ses plus beaux souvenirs, il comprend que c'est le temps qui passe qui lui fait ce merveilleux cadeau.

— Hé, maman! Que dirais-tu si je t'annonçais que j'ai envie de rafraîchir la cabane à sucre?

Mélina lui rend son salut d'une main tavelée par l'âge, alors que dans son regard brille une émotion tremblante. Dans la voix de son fils, il y a la même intonation qu'au matin de ses vingt ans. L'accent est différent, déconcertant. Mais qu'importe. Mélina vient d'y reconnaître la voix fougueuse de sa jeunesse. Elle descend les marches de la galerie et vient au-devant de Jérôme en lui tendant les bras, le visage ridé de sourires.

Jérôme, son fils Jérôme, est revenu.

* * *

Assise dans une confortable bergère, Cécile ne se lasse pas d'admirer le fleuve qui déroule sa langueur juste devant la fenêtre de son salon. Ce Saint-Laurent majestueux qui a suivi le cours de sa vie, immuable et silencieux. De la Terrasse, près du Château Frontenac, tournée vers l'Europe, ou près de la falaise, sur les Plaines, il savait se faire complice de ses états d'âme, tour à tour immobile ou rageur. Depuis son retour de France, chaque jour sur le coup de seize heures, en rentrant de l'hôpital, Cécile s'installe ici, une limonade à la main et s'amuse de l'insouciance des voiliers qui sillonnent joyeusement les vagues bleutées. Cette image de vacances convient à son âme libérée. À ses côtés, la brise qui entre par la fenêtre entrouverte fait onduler mollement le rideau de dentelle et porte toutes les senteurs de l'été jusqu'à l'intérieur de son appartement cossu de Sillery.

Cécile se sent bien, rassurée de voir que son instinct ne l'avait pas trompée: Jérôme était bien vivant!

Amusée, Cécile se surprend à sourire. Ce qu'elle aimerait par-dessus tout, c'est que la tante Gisèle soit encore de ce monde.

«Hein, ma tante, je te l'avais bien dit!» songe-t-elle, à la fois moqueuse et attendrie par le souvenir de celle qu'elle avait aimée comme une mère.

Pendant quelques instants, l'ombre de Gisèle Breton se fait presque présence, tant cette femme était forte et entière. Cécile entend encore son rire sonore. Oui, sûrement que ma tante Gisèle aurait bien ri devant l'entêtement de sa nièce enfin récompensé. Pourtant Dieu sait si Gisèle avait essayé de l'en dissuader. Mais devant la tournure des événements, même s'ils lui donnaient tort, elle aurait été soulagée, sincèrement heureuse pour elle. La tante Gisèle aimait Cécile comme la fille qu'elle n'avait pas eue. Entre elles existait une complicité peu commune. Comme une même et unique façon de voir le monde. D'envisager la vie. Même si leur manière de l'exprimer était totalement différente. Peu leur importait. L'essentiel entre elles, celui du cœur, vibrait au même diapason. Même plus âgée, même depuis le décès de Gisèle, Cécile reste attentive aux conseils de sa tante. Chaque fois qu'elle a eu une décision d'importance à prendre, elle a toujours eu une pensée pour cette femme qui faisait preuve d'un solide bon sens en même temps que d'une sensibilité un peu rare, tissée de tendresse bourrue.

Puis ses pensées se tournent vers Gérard, son frère qui habite toujours Montréal. À cinquante-quatre ans, il veut prendre sa retraite et céder son entreprise de construction à Daniel, son fils de vingt-huit ans. À son retour de France Cécile lui avait téléphoné pour lui apprendre l'incroyable nouvelle. Il y avait eu un long silence. Puis, la voix de Gérard avait envahi l'espace. Avec tellement d'enthousiasme, de démesure que, pendant un instant, Cécile avait eu l'impression que tout le monde, entre Québec et Montréal, devait l'entendre.

— Jérôme? Ton Jérôme? Vivant? Mais comment... Pourquoi y'a jamais donné de... Pis ça me regarde pas... C'est incroyable... Marie, devine un peu... Jérôme Cliche, le Jérôme à Cécile est encore en vie... Pis toi, Cécile, toi, tu te sens comment dans tout ça? Ça doit te faire tout drôle, non? Hé, on rit pus... Jérôme...

Comment y va? Blessé, malade? Pis qu'est-ce que vous comptez faire, astheure? Est-ce qu'il va revenir au pays? Non, je m'excuse... T'as pas à répondre à ça. Ça me regarde pas... Mais j'en reviens pas.

Tout étourdie, Cécile l'avait laissé parler. La bonne humeur de son frère était contagieuse et lui faisait chaud au cœur. Puis après une pause, Gérard avait repris, d'une voix plus calme. De cette voix de petit garçon qu'il avait encore et toujours quand venait le temps des confidences. Ce lien privilégié qui savait se tendre malgré la distance.

— Chus heureux pour toi, Cécile. Ouais, ben ben content. T'as mérité c'qui t'arrive. Je... On en reparlera quand tu viendras nous voir. J't'aime, Cécile. Ça c'est sûr, j't'aime ben ben gros.

Ils avaient raccroché sur la promesse de se revoir bientôt. Et c'est justement à cela que sa réflexion l'a menée.

— Il faudrait bien que j'aille à Montréal, murmure Cécile en déposant son verre sur la petite table à côté d'elle. De toute façon, j'ai envie de voir Gérard.

Et Marie aussi. Et Daniel. Qu'est-ce que tu en penses?, ajoute-t-elle en se tournant vers une cage dorée, dans un coin du salon, où un vieux serin achève une vie paisible.

Indifférent, l'oiseau se contente de sautiller d'un perchoir à l'autre. Puis il penche comiquement la tête et envisage gravement Cécile quand elle se relève et vient vers lui, avant de glisser le bout d'un doigt à travers les barreaux. Craintif, l'oiseau recule contre le coin opposé de la cage en faisant gonfler ses plumes.

— Tu as bien raison, Gudule, tu ne décideras pas à ma place...

Pensive, Cécile retourne chercher son verre, va jusqu'à la cuisine, le rince. Finalement, elle appuie le bas de son dos contre le comptoir en marbre noir.

— Pourquoi attendre? murmure-t-elle encore une fois à voix haute.

Depuis le décès de Charles, son mari, c'est devenu une habitude de se parler à voix haute. Comme si elle avait un besoin viscéral de meubler le silence qui l'entoure. Ou encore de se donner l'illu-

sion qu'on l'aide à prendre ses décisions.
Elle se dirige vers l'entrée.

— Si je peux m'absenter de l'hôpital,
je pars demain matin.

Un appel au docteur Germain, un autre
à sa voisine d'à côté pour voir si elle peut
s'occuper de Gudule et tout est réglé.

— Et voilà, lance-t-elle joyeusement en
revenant vers le salon. Tu vas avoir droit
à trois jours de vacances, Gudule. Je vais
à Montréal.

Il lui tarde de revoir les siens. En elle
monte le désir de faire le point, entourée
de gens qui l'aiment. Malgré les années,
Cécile n'a pas vraiment changé. Elle aura
toujours besoin de se sentir appuyée au
moment de prendre des décisions. Et sans
savoir vraiment ce qu'elle a à décider, la
présence de son frère lui est devenue es-
sentielle. Cécile est une femme de partage et heureuse ou malheureuse, il n'y a
que Gérard qui puisse vraiment prendre
part à ses émotions. Depuis toujours.

Quand elle prend la route, le lendemain matin très tôt, il fait un temps splen-
dide. Gérard, habitant Val-David pendant

l'été, Cécile opte pour l'autoroute 40. Neuville, Trois-Rivières, Berthier, Repentigny... Tout au long de la route, elle croise, suit et dépasse roulottes et voitures alourdies de bagages. C'est l'été, le temps des vacances, et le soleil encore chaud se charge de le rappeler à tous et chacun. L'esprit folâtre, Cécile glisse une cassette de musique rétro dans le lecteur au moment où elle emprunte la bretelle qui mène vers le nord. Puis d'une voix enjouée, toujours aussi juste et cristalline, elle se décide à accompagner Elvis dans une de ses ballades. Curieusement, cette femme calme et réservée a toujours aimé cette musique un peu folle. Elle dit que cela la stimule...

Gérard l'attendait sur la terrasse de son chalet. Dès qu'il aperçoit l'auto noire de sa sœur, il se précipite vers l'escalier et en déboule les marches bruyamment. Cécile ne peut s'empêcher de sourire devant l'enthousiasme évident de celui qu'elle s'entête à appeler son jeune frère. Pourtant, Gérard s'est épaissi et a perdu une bonne partie de sa chevelure. Le peu qu'il lui reste est devenu blanc comme neige. Malgré cela, c'est toujours le gamin de quatorze ans que Cécile voit quand elle le retrouve. Le gamin maigrichon, tout en bras et en jambes, qui avait deviné la véritable raison de son voyage à Québec et qui l'avait assurée de son soutien et de son aide pour garder le secret quand Cécile allaitait son petit frère. Jamais, Gérard n'avait laissé tomber Cécile. Il était son frère, son ami, son confident. Et Marie, l'épouse de Gérard, tout comme Charles, le mari de Cécile, avaient vite compris que l'affection qui les unissait était plus importante que tout. Ils l'avaient facilement accepté. Entre les deux couples, malgré une certaine différence d'âge, les liens de parenté avaient vite cédé le pas à des liens d'amitié forts et sincères. Ils se voyaient aussi souvent que leurs horaires respectifs le permettaient et avaient fait de merveilleux voyages ensemble. Après la mort de Charles, Cécile avait été moins assidue. Comme si elle était un peu intimidée d'être maintenant seule face à eux ou encore nostalgique devant le bonheur évident de Gérard et Marie. Après plus de trente ans, leur mariage en est encore un d'amour et ils ne se gênent nullement pour l'afficher.

Cécile est heureuse, tellement heureuse d'être ici. Elle se blottit contre la poitrine de son frère, ravie de sentir la chaleur de son bras autour de ses épaules. Soulagée de se sentir en sécurité.

Ils se sont installés au bout du quai, à l'ombre d'un grand chêne qui étend ses branches et son feuillage dense jusqu'au-dessus du lac. Passé midi, quand le soleil tourne au coin du chalet, c'est le refuge de ceux qui ont trop chaud. Discrète, dès le repas terminé, Marie a prétexté mille et une choses à faire pour ne pas les suivre à l'extérieur. Cécile l'a remerciée d'un sourire reconnaissant.

Et maintenant, un grand verre de thé glacé à la main, elle laisse le silence les envelopper. Cécile a toujours eu besoin d'un moment d'intériorité avant de se mettre à parler. Surtout quand elle veut se confier. Comme si elle avait besoin de sentir que l'espace autour d'elle saura se faire complice de ses confidences. Gérard respecte cette pause. Le dos appuyé contre le pilier de bois qui soutient le quai, son regard suit la course entre deux petits dériveurs aux voiles gonflées, vivement colorées. Un vent tiède et capricieux ride la surface de l'eau qui renvoie l'éclat du soleil en milliers de paillettes brillantes. Cécile pousse un profond soupir.

— Dieu que c'est beau, chez toi. Un vrai coin de paradis.

Gérard bombe le torse. Il n'est pas peu fier de son coin de campagne, comme il l'appelle. C'est sa façon à lui d'afficher sa réussite. Même si parfois Cécile se moque en disant que sa demeure n'a de chalet que le nom et qu'elle le traite de vaniteux. Elle n'a pas tort. En fait, c'est une grande maison de briques blanches, à deux étages, digne des revues de décoration.

— Ouais, c'est vrai, admet-il enfin, se détournant à demi, on a bien réussi notre coup, Marie et moi... C'est assez beau ici...

Cécile ne peut s'empêcher de rire.

— Tu n'as pas honte de parler comme ça? «C'est assez beau...» Espèce d'hypocrite, va! Comme si tu ne le savais pas que c'est absolument superbe et que tu fais l'envie de bien des gens.

Puis, sur un tout autre ton.

— Ce serait bien que Jérôme puisse venir un jour.

Brusquement un drôle de silence vient briser leur nonchalance. À peine quelques mots qui ne signifient rien et Cécile retrouve ce malaise qui voile indéniablement sa joie d'avoir retrouvé Jérôme. Pendant un instant, elle reste immobile, les sourcils froncés. Puis elle soupire. Alors Gérard déplie la jambe qu'il tenait relevée entre ses bras et s'installe directement face au lac, légèrement penché vers l'avant, les coudes appuyés sur ses cuisses. Il ne dit rien. Pourtant l'attitude qu'il vient de prendre est comme un signal. À son tour, lentement, selon son habitude, Cécile se détourne et vient contempler le lac. Au loin, quelques notes de musique s'élèvent dans l'air chaud et se glissent entre les voiliers. À nouveau, Cécile pousse un profond soupir. Et à cet instant bien précis, Gérard ne saurait dire si c'est de tristesse, de bien-être ou d'inquiétude que sa sœur soupire ainsi.

— Oui, reprend doucement Cécile, ce serait bien que Jérôme soit ici, avec nous. Et en même temps, je ne sais pas si j'en ai vraiment envie. C'est un peu fou, non? ajoute-t-elle en rougissant comme une petite fille.

— Pourquoi un peu fou?

— Je ne sais pas. Pas vraiment... J'ai l'impression d'être une gamine qui ne sait pas ce qu'elle veut... J'ai toujours pensé que Jérôme, c'était toute ma vie. Je l'avais choisi pour être mon mari et le père de mes enfants. Et finalement, c'est effectivement lui le père de l'unique bébé que j'ai mis au monde. Il n'y a pas eu une seule journée où je n'ai pas pensé à lui. Pas une, Gérard. Son fantôme a même failli détruire le couple que je formais avec Charles. Et Dieu sait si Charles était un homme exceptionnel. Je n'ai pas besoin de te le dire, n'est-ce pas? Oui, j'ai aimé Charles sincèrement, du plus profond de mon cœur. Et je lui serai toujours reconnaissante pour l'amour qu'il m'a donné, pour la belle vie qui a été la nôtre.

À nouveau, Cécile se tait. Gérard, toujours immobile, fixant intensément les profondeurs glauques de l'eau reprend d'une voix sourde.

— Et alors? Pourquoi tu dis que tu agis comme une gamine? J'comprends pas...

— Tu ne vois pas? Tu ne comprends pas? Mon Dieu que c'est difficile à dire. Je... J'ai pensé à Jérôme tout au long de ma vie. Souvent je me suis dit que si jamais il revenait et que j'avais à choisir entre lui et Charles, c'est vers lui que j'irais. Sans la moindre hésitation. J'en étais convaincue. Il n'y avait pas le moindre doute dans mon esprit. Ni dans mon cœur d'ailleurs. Malgré l'amour que je ressentais pour Charles. Ce... c'était comme deux sentiments différents, qui se vivaient à des niveaux partagés, à des intensités différentes. Mais une chose est certaine, c'est que chaque fois que j'y pensais, Jérôme était celui vers qui mon cœur se tournait. Spontanément, avec confiance. Et voilà qu'il est là. Contre toute attente, Jérôme était vivant et je l'ai retrouvé. Je devrais sauter de joie, non?

Sans attendre de réponse, elle enchaîne.

— Eh bien non! Je ne saute pas de joie. Je... je me sens déchirée, comme trahie par la vie.

Sa voix vibre de colère, d'incompréhension, de douleur.

— Pourquoi? Pourquoi notre destin est-il si compliqué parfois? Je ne comprends pas. Je ne me comprends plus. Depuis ce fameux matin au cimetière, je suis complètement désorientée. J'ai l'impression d'être une girouette. Je suis rassurée de voir que mon instinct ne m'avait pas trompée, de sentir mon cœur battre un peu plus vite quand je me répète que Jérôme est bien vivant, pas très loin. Mais en même temps, je ne sais pas si je dois m'en réjouir. Alors que je suis une femme libre, j'ai l'impression d'être infidèle envers Charles quand j'ose penser à l'avenir avec Jérôme. C'est complètement idiot.

Cécile a fini sa phrase dans un souffle où l'on sent presque la présence des larmes.

D'un geste doux, surprenant pour cette main rugueuse de travailleur manuel, Gérard vient prendre celle de sa sœur qui repose sur le bois du quai. Pendant un instant, il la regarde, subitement ému devant la fragilité de ses longs doigts fins. Puis il la serre de toutes ses forces.

— Non, Cécile. Non, c'est pas idiot, comme tu dis. C'est juste normal. T'as-tu une petite idée de tout ce qui doit se passer là-dedans? dit-il en pointant l'index sur la tête de sa sœur. Laisse faire le temps. Bouscule rien. Ça donnerait rien de bon.

L'éclat fugitif d'un demi-sourire traverse le regard de Cécile.

— Voyez-vous qui ose me dire cela? Le gars qui vit sa vie à cent milles à l'heure. Celui pour qui demain est déjà trop loin...

— Pis après? J'suis comme j'suis et toi, tu es toi. Un point c'est tout.

— Peut-être bien que tu as raison...

À nouveau le silence. Machinalement, Gérard prend note que même si on est mercredi, son voisin a lui aussi pris congé. Il l'entend rire avec ses enfants pendant que le moteur de son yacht se met à gronder. Puis le bruit s'éloigne. Tout doucement, le clapotis de l'eau contre le quai et le bruissement des feuilles du chêne reprennent leur place complice. Comme si elle n'attendait que ce signe, Cécile se remet à parler. D'une voix sourde, saccadée, tellement différente de la modulation douce que Gérard lui connaît.

— Et ce n'est pas tout. Si j'ai retrouvé le sourire un peu moqueur et la droiture des yeux noisette de Jérôme, j'ai l'impression qu'ils appartiennent maintenant à un étranger. Comme si quelqu'un les lui avait volés et essayait de me faire croire qu'ils sont bien à lui. Cet accent qu'il a, ces brusques et fréquents retraits silencieux comme à l'intérieur d'un monde que je ne connais pas, qui ne sera jamais mien. Ça... ça me fait peur Gérard. Je... j'ai peur de ne pas arriver à aimer l'homme qui dit être Jérôme. C'est lui et en même temps, ça ne l'est pas...

Puis au bout d'un tout petit silence, elle ajoute dans un souffle:

— Et Dominique lui ressemble tellement... Même avec elle, depuis notre retour, j'ai de la difficulté. C'est... c'est comme si elle aussi avait changé... Je me sens moins proche d'elle. Je... je ne suis plus à l'aise avec elle.

Incapable de mettre des mots sur sa réflexion, Gérard comprend très bien sa sœur. Fronçant les sourcils, lui qui n'a jamais fait de longs discours, il essaie de trouver comment expliquer ce qu'il ressent. En ce moment, il se rappelle leur père. Toujours le premier à trouver l'ordre indiscutable ou la répartie cinglante, Eugène Veilleux avait toujours exprimé difficilement ses émotions. Même les plus évidentes, même les plus simples. Sans jamais l'avoir avoué à qui que ce soit, Gérard sait depuis fort longtemps qu'il ressemble à son père. Sauf qu'il tente, du moins avec ceux qu'il aime, de surmonter cette pudeur qui lui dicterait de se taire. Péniblement, mais il y arrive. À cause du désarroi qu'il perçoit dans la voix de sa sœur, à cause aussi de ses souvenirs d'enfance, où il se revoit disant à son père d'être plus présent, il s'efforce de trouver les bons mots.

— Mais c'est normal, Cécile. Ça devrait surtout pas te faire peur. Batince... Comment je pourrais t'expliquer... Attends. J'ai envie de te raconter une histoire. C'est comme si un sculpteur avait fait une très belle statue dans son jardin. C'était la première qu'il faisait. Il y avait mis tout son cœur. C'était une statue en bois d'érable qu'il avait vernie pour la protéger. Puis le sculpteur a déménagé dans une autre ville. De temps en temps, il pensait à sa statue, il la revoyait telle qu'elle était à son départ et il était heureux du beau travail qu'il avait fait. Mais comme il était sculpteur, il a continué à faire des tas de statues. Il a travaillé partout dans le monde, il a fait des centaines de statues. Puis un bon jour, il était de passage dans sa ville natale. Sans hésiter, il est allé voir son ancienne maison. Dans la cour, la statue était encore là. Noircie par le temps parce que le vernis avait fini par s'écailler, rongée par la pluie avec des gauchissements et des rondeurs qu'il n'avait jamais voulus. Il a été déçu. Mais pas longtemps. Parce qu'il savait que même si l'allure de la statue n'avait rien à voir avec la sculpture qu'il avait faite, le bois, lui, restait le même. Alors il a pris ses outils. Il a sablé le bois, l'a retravaillé et l'a verni à nouveau. La statue de ses souvenirs venait de renaître. Un peu plus petite, un peu moins droite mais aussi belle...

Le menuisier en lui a trouvé l'image et l'homme en est tout surpris. Intimidé aussi. Gérard laisse la main de sa sœur et se met à gratter le bois du quai, concentré sur son ongle qui lève des échardes de bois. Qu'est-ce qui lui a pris de raconter une histoire pareille?

«Ça n'a ni queue ni tête c'que tu viens de baragouiner là, pense-t-il penaud devant le silence persistant de Cécile. T'as juste l'air d'un maudit fou, Gérard Veilleux. Pauv' Cécile. C'est pas de ça qu'elle avait besoin.»

Un reniflement lui fait lever les yeux. Cécile le regarde, le regard noyé de larmes qui coulent sans retenue le long de ses joues. Mais en même temps, un beau sourire éclaire son visage.

— Merci Gérard. C'est beau ce que tu m'as dit là. C'est... c'est exactement ce que j'avais besoin d'entendre. Je... je vais reprendre ma boîte à outils, comme tu dis. Parce que je sais que le bois dur dont était fait Jérôme n'a sûrement pas changé. On ne change pas ce qui est beau et bon. Je t'aime, petit frère. Ben ben gros, ça c'est sûr, ajoute-t-elle, un brin malicieuse, utilisant volontairement une expression chère à Gérard. Je savais bien que tu serais là.

Puis d'une voix grave.

— Tu as toujours été là quand j'avais besoin de toi. Merci, Gérard. Merci d'être le frère que tu es.

2

Contrariée, Dominique raccroche vivement le combiné du téléphone. Ça
fait maintenant deux jours qu'elle tente
de rejoindre Cécile sans y parvenir. Et depuis leur retour de France, c'est à peine
si elle a vu Cécile trois fois, alors que ces
dernières années, elles se visitaient régulièrement. Vaguement inquiète, elle vient
dans la cuisine et jette un œil machinal
sur l'horloge. Dix-sept heures!

— Déjà! Et le souper qui n'est pas prêt,
murmure-t-elle de plus en plus agacée.

Puis sans raison, elle éclate en sanglots.
Et s'en veut aussitôt. Mais qu'est-ce qui
lui prend depuis un mois? Pourquoi cette
inquiétude qui la ronge peu à peu? D'un
geste brusque, elle arrache un essuie-tout
au rouleau accroché sur le mur et se
mouche bruyamment.

— Ça suffit, Dominique Lamontagne,
grommelle-t-elle entre ses dents, tout en
attrapant le sac de pommes de terre dans

le garde-manger pour le déposer brusquement sur le comptoir.

Ses gestes sont nerveux, presque violents. Sa colère grandit. D'où lui vient cette rancœur qui l'accompagne depuis quelque temps? Comme si, sans raison, elle s'était mise à en vouloir à Cécile. Pendant un instant, elle reste pensive, le couteau pointé vers le plafond. Oui, c'est ça: elle en veut à Cécile. Mais pourquoi, elle n'en sait rien. Et c'est peut-être ça qui la rend si agressive. La main impatiente, elle prend une autre pomme de terre pour la peler à mouvements brefs et saccadés, tranchant une épaisse couche du légume sous la pelure. Dominique est une femme limpide, directe et elle déteste les ambiguïtés. Surtout quand elle ne voit pas d'où elles peuvent venir ni pourquoi elles existent. Les sourcils froncés sur sa réflexion, elle rince finalement les pommes de terre avant de les mettre à cuire.

Dès le repas terminé, bruyant comme d'habitude à cause de François et Frédérik, ses deux fils de douze et quatorze ans qui n'arrêtent pas d'agacer Geneviève, leur jeune sœur de six ans, Dominique s'enfuit de la maison. André, son mari, la regarde partir, un peu soucieux. Depuis ce fameux voyage en France où elle a eu la surprise de sa vie en retrouvant son père, Dominique n'est plus tout à fait la même. Il est vrai que le choc a dû être brutal: elle ressemble tellement à Jérôme! Mais au lieu d'y voir un lien de plus, elle était revenue tourmentée. Comme si une partie de la spontanéité, qui faisait d'elle une femme ouverte et attachante, était restée prise dans quelque filet abandonné sur la plage de Normandie. Il sursaute quand Dominique claque la porte. Oui, vraiment, il y a quelque chose qui cloche. Habituellement, Dominique est une femme de douceur, de retenue. Quand il avait rencontré Cécile, quand il avait appris à mieux la connaître, André n'avait pu s'empêcher de penser qu'il comprenait maintenant qui était vraiment sa femme. Dominique et Cécile ont un même respect face à la vie et une façon bien particulière à elles de le montrer.

Mais de promenade, Dominique n'a

aucune envie. Pas plus qu'elle n'a mal à la tête. Aussitôt franchi le seuil de sa porte, ses pas la mènent directement à deux maisons de là, chez ses parents adoptifs, René et Thérèse Lamontagne.

Sachant sa mère à un bridge, comme tous les jeudis, elle espère bien trouver son père seul à la maison. Quand elle est déprimée ou tout simplement triste, c'est toujours vers lui que Dominique se tourne.

René Lamontagne est le seul être sur terre en qui elle ait une confiance absolue.

Comme elle l'espérait, il est au jardin à s'occuper amoureusement de son potager. Depuis qu'il a pris sa retraite, il y a de cela trois ans, René Lamontagne s'est découvert un engouement pour le jardinage. Coiffé de sa vieille casquette, penchant à demi ses six pieds longilignes, il bine les rangs de légumes à petits coups précis et délicats. Comme on ferait une dentelle. Dans tous les tons de vert, le potager déborde déjà d'une luxuriance prometteuse. Immobile, à côté du battant de la clôture qui ceinture la cour arrière de la maison de son enfance, Dominique reste un moment silencieuse, curieusement envoûtée par les souvenirs. Cet homme vieillissant, à la chevelure grisonnante et aux épaules toujours fières, c'est son père. Et elle l'aime profondément. Tout comme Thérèse qui sera toujours sa mère. Malgré ses indécisions et ses maladresses, malgré un long silence d'incompréhension qui a dressé son invisible barrière entre elles, Dominique n'a jamais véritablement remis en question l'amour que Thérèse lui portait. C'est à l'instant où elle a vu Cécile pour la première fois que Dominique a compris que son père et sa mère seraient toujours René et Thérèse. C'étaient eux qui l'avaient élevée et lui avaient tout donné.

C'est encore vers eux qu'elle a envie de se tourner quand elle a besoin d'aide. À l'exception d'un moment de grande tendresse, d'une intensité peu commune, là-bas, au cimetière français, jamais Dominique n'a appelé Cécile, maman. Pourtant, Dominique a beaucoup d'affection, d'amour même, pour cette femme qui lui a donné la vie. Mais les liens tissés au fil des années ont une valeur et une importance que les liens du sang ne sauront remplacer.

S'ébrouant, elle avance vers René qui vient de l'apercevoir.

— Dominique! Quel bon vent t'amène?

Puis aussitôt après, en fronçant les sourcils.

— Mais ça n'a pas l'air d'aller, ma grande. Qu'est-ce qui se passe? Tu as ta mine des mauvais jours. Tes garnements qui te donnent encore du fil à retordre?

Dominique ne peut s'empêcher de sourire. Son père a toujours su lire en elle comme dans un livre ouvert. Et puis, il n'a pas tout à fait tort. C'est vrai que, depuis quelque temps, François, son adolescent de quatorze ans, lui en fait voir de toutes les couleurs. Bouderies, manipulations, colères injustifiées, mauvaise foi évidente, bande d'amis qui envahissent la maison à toute heure du jour et parfois même de la nuit... Mais comme Dominique se rappelle fort bien sa propre adolescence où elle était plus souvent qu'autrement vindicative, agressive et renfermée, elle essaie de prendre tout cela avec un grain de sel. Mais ce soir, c'est une tout autre chose qui l'amène ici. À vrai dire, elle ne sait pas elle-même ce qui ne va pas. Et c'est probablement pourquoi elle a eu envie de rencontrer son père. Il peut l'aider à mettre un peu de lumière dans l'obscurité de ses pensées et de ses émotions. Confiante, déjà rassurée, elle le rejoint.

— Bonsoir papa... Eh non! Ce n'est pas mon horrible fils qui m'amène ici. Il est plutôt déguisé en courant d'air depuis quelque temps... En fait, si je te disais que je ne sais même pas ce qui m'a poussée à venir?

René se met à rire.

— Je te répondrais que je ne te crois pas. Même si je sais que tu me dis la vérité... Allons, viens t'asseoir sur la terrasse. Tu veux un café, une liqueur?

— Non, pas vraiment. Pas tout de suite, en tout cas...

René dépose la bêche sur laquelle il se tenait appuyé pendant que Dominique lui parlait et il prend sa fille par la main pour se rendre sur la terrasse de bois doré, adjacente à la piscine. Même si lui n'a jamais vraiment aimé se baigner, il continue néanmoins à entretenir la piscine pour ses enfants et ses petits-enfants.

— Belle soirée, n'est-ce pas? fait-il en se laissant tomber sur une chaise de résine blanche. Un vrai temps pour être heureux.

— Justement, répond pensivement Dominique, en s'assoyant à son tour. Justement, c'est un temps pour être heureux et je ne le suis pas.

— Tu penses que je n'avais pas remarqué, ma grande? Depuis ton retour, tu es différente... Comme absente. Veux-tu qu'on essaie de trouver ensemble?

Dominique n'a pas besoin de répondre. Le sourire qu'elle offre à son père est d'une éloquence limpide. René enchaîne alors aussitôt, toujours aussi calme.

— C'est à cause de Cécile, n'est-ce pas?

Puis il reporte le regard devant lui, comme s'il venait de parler banalement du temps qu'il fait. Mais il connaît bien sa fille. Et avec elle, aussi bien briser la glace tout de suite. Dominique est soucieuse pour les gens qu'elle aime. Seule Cécile a pu amener un tel bouleversement chez sa fille lors du voyage en France. Pendant un moment, la jeune femme reste encore silencieuse. Puis dans un souffle, elle admet.

— Oui, c'est à cause de Cécile. Mais je n'arrive pas à comprendre pourquoi. Depuis qu'on est revenues de France, on dirait que je lui en veux... Quand... quand je ne pense pas à elle, ça peut aller. Je suis de bonne humeur. Mais dès que son nom traverse mon esprit, pour une raison ou pour une autre, je deviens aussitôt morose. Comme si cela gâchait ma journée. Alors ça me rend impatiente, colérique. C'est un peu bizarre, non?

— Peut-être que oui. Mais peut-être que non... T'es bien certaine que c'est juste depuis votre voyage que c'est comme ça?

— Oui, bien sûr que oui, s'empresse de répondre Dominique, comme si elle devait lever un quelconque soupçon.

Puis après un instant de réflexion.

— On dirait qu'elle n'est plus la même avec moi, ajoute-t-elle d'une voix retenue comme si elle ne s'adressait qu'à elle-même. Elle est... comment dire... elle est plus distante.

Dominique ne peut retenir un petit rire.

— Tu viens de dire que j'étais absente, depuis mon retour. Eh bien! C'est exactement comme ça que je pourrais décrire Cécile: elle est absente. Quand on se parle ou qu'elle vient chez moi, j'ai l'impression qu'elle est absente. Qu'elle n'est pas vraiment là.

— Et alors?

— Alors? Je n'aime pas ça. Déjà qu'on se parle pas mal moins souvent qu'avant. Je... je ne suis plus à l'aise avec elle. On dirait qu'il y a quelque chose de brisé entre nous.

— Quelque chose de brisé?

— Oui. Comme si le lien qui nous unissait venait de se rompre parce qu'il n'était plus essentiel... J'ai... j'ai l'impression qu'elle n'a plus besoin de moi.

Puis dans un soupir accablé, repoussant d'un geste machinal ses longs cheveux noirs, bouclés comme ceux de Jérôme.

— C'est ridicule...

— Mais non, ce n'est pas ridicule. Je peux comprendre que tu sois amèrement déçue. Mais je crois, bien sincèrement, que tu te trompes.

— Que je me trompe? Comment expliquer alors qu'elle ne m'appelle plus? En deux mois, elle n'est venue à la maison que trois fois. Comme une politesse. Et encore. J'ai l'impression qu'elle se sent obligée de le faire. La dernière fois, c'est parce que j'ai insisté qu'elle a fini par accepter de venir souper à la maison.

— Et ça te blesse?

— Oui... J'ai l'impression d'être abandonnée une seconde fois, avoue-t-elle dans un souffle. J'oserais dire que maintenant qu'elle a retrouvé mon père, moi, je n'ai plus d'importance.

Un silence empreint d'émotion se glisse entre eux. À entendre sa fille parler, René saisit très bien toute sa douleur. Avec quelle ferveur Dominique avait fait passer une petite annonce dans le journal afin d'essayer de retrouver sa mère naturelle. Que d'espoir contenu dans les quelques mots qui allaient finalement permettre à Cécile et Dominique de se rencontrer. Il se redresse, tourne la tête vers la jeune femme qui regarde toujours fixement devant elle et tend la main pour la poser doucement sur son bras. Dominique sursaute. Puis elle se tourne vers son père et lui sourit. D'un tout petit sourire triste, comme contrit d'avoir osé lui dire toutes ces choses. René est bouleversé par ce regard.

— Ma petite Dominique... Mais voyons donc! Ça n'a rien à voir, j'en suis convaincu. De ce que je sais d'elle, Cécile n'est pas une femme à se servir des gens. Elle... elle est trop sincère pour ça.

Dominique ne répond pas. Accoudée contre la table, elle reste un moment songeuse, puis elle recommence à fixer l'eau bleutée de la piscine sans vraiment la voir. À nouveau, elle lève les yeux vers son père.

— Comment expliquer alors?

— C'est très simple, Dominique. Pense à tout ce que Cécile est en train de vivre, maintenant qu'elle sait que Jérôme est vivant. C'est toute sa vie qu'elle doit remettre en question.

René Lamontagne essaie d'imaginer ce que doit représenter un tel revirement dans une vie. Lui qui a toujours rêvé d'avoir un enfant de son sang, qu'aurait-il fait si un étranger était venu frapper à sa porte et lui annoncer qu'il était son fils? La chose aurait pu être possible, lui qui s'était marié sur le tard. Un grand frisson parcourt son dos. Alors? Lui aussi aurait remis une grande partie de sa vie en question. Il en est convaincu. Cécile n'est pas différente. Puis il soupire en haussant les épaules, reprenant là où il avait laissé. En ce moment, ce dont Dominique a besoin, c'est d'être réconfortée. Pas confrontée aux états d'âme d'un vieil homme nostalgique.

— Si j'étais à la place de Cécile, dit-il d'une voix sourde, c'est le mot «pourquoi» qui me trotterait interminablement dans la tête. À devenir fou. Et le regret aussi. Je suis persuadé que souvent elle a dû penser à aller voir elle-même en France... Marcher sur la plage où le corps de Jérôme avait été vu la dernière fois. Peut-être tenter de rencontrer des gens susceptibles de lui avoir parlé. Je ne sais pas, moi... Oui, c'est ce que j'aurais eu envie de faire... Pourquoi Cécile ne l'a-t-elle pas fait? Je l'ignore. La réponse lui appartient. Mais une chose est certaine, c'est qu'elle ne l'a pas fait. Alors, elle doit se dire que si elle avait décidé d'aller sur cette plage maudite dès la fin de la guerre, peut-être bien que sa vie aurait été différente. Allons donc savoir! Tu sais, quand on ne retrouve pas un corps, même si le temps finit habituellement par donner raison à tous ceux qui se veulent sages et lucides, quand on aime vraiment, il doit toujours subsister un doute en soi. C'est probablement cela que Cécile se dit. Elle vient de comprendre qu'elle aurait dû se fier à son instinct. La déception doit être immense. Et toi, Dominique Lamontagne, tu fais probablement partie de cette déception. Parce que pour elle, c'est peut-être ta vie à toi aussi qui aurait été différente. Aujourd'hui tu t'appellerais peut-être Dominique Cliche.

— Tu crois?

— Oui. Si Jérôme avait été à ses côtés, Cécile aurait tout tenté pour te retrouver. On n'a qu'à voir les regards qu'elle te lance... Je... je te connais bien, Dominique. Tu ressembles à ta mère. Cécile et toi, vous êtes faites de la même pâte. Alors, oui, je pense sincèrement que ce que je viens de te dire doit étrangement ressembler à la réalité. La réalité d'une femme blessée qui ne sait plus si elle doit faire confiance ou pleurer sur ce qui aurait pu être.

Petit à petit, au fil des mots de son père, le visage de Dominique se détend. Les rides du front s'apaisent et le regard recouvre sa quiétude habituelle.

— Alors, fait-elle à nouveau pensive, les yeux rivés sur la piscine, mais sans aucune agressivité dans la voix, ce que tu es en train de m'expliquer, c'est que Cécile a besoin de moi. Plus que jamais.

— Eh!

Sans faire attention à la brève inter-
vention de son père, Dominique continue
sur le même ton. Faisant le point autant
pour elle que pour lui.

— Probablement qu'il n'y a que moi
qui puisse vraiment l'aider. Je suis la seule
personne qui soit vraiment un lien entre
elle et Jérôme. En fait, je suis le lien qui
subsiste entre elle et Jérôme. C'est ça,
non?

— Tout ce que tu viens de dire est vrai.
Il n'y a pas de doute que tu peux faire
quelque chose. Mais de là à prendre sur
toi la responsabilité de leurs retrouvailles...
Ce qui a pu exister entre Cécile et Jérôme
et ce qui existe encore aujourd'hui ne
t'appartient pas, ma grande. C'est à eux
et à eux seuls que revient le choix qu'ils
devront faire face aux années qui viennent. Tu sais, Dominique, avoir été profondément amoureux de quelqu'un à
vingt ans, c'est quelque chose de très beau.
Tu en es la preuve vivante. Mais qu'en
reste-t-il après quarante ans d'absence et
de silence, malgré toute la sincérité qu'on
puisse y mettre? On peut rester fidèle à

un fantôme, mais quand il se matérialise, alors qu'on n'y croyait plus vraiment, c'est une toute autre chose. Et les réponses à y apporter, il n'y a que Cécile et Jérôme qui sauront le faire. Mais nul doute que tu auras ta place dans tout ça. Une place qu'ils finiront bien par t'indiquer. Laisse faire le temps et la vie. Et sois disponible. En fait, je crois que c'est de cela dont Cécile a le plus besoin: savoir que tu l'aimes et que tu es là.

— Ça c'est sûr que je l'aime.

Le réponse de Dominique a fusé avec une telle sincérité. Comme si elle venait de prendre conscience de la valeur de Cécile à ses yeux. Peut-être avait-elle besoin de cette inquiétude pour bien le comprendre.

Sans la moindre amertume, René se penche vers sa fille. Dans cet élan vibrant, il vient de reconnaître la fille qu'il a toujours aimée et respectée. Celle qu'il a toujours vue comme étant la générosité et la spontanéité incarnées. C'est avec tout l'amour qu'il ressent pour elle en ce moment qu'il ajoute:

— Et ta démarche de ce soir me laisse deviner à quel point tu l'aimes. Encore plus que tout ce que tu as pu imaginer. Et c'est très bien comme ça, ajoute-t-il en lui tapotant la main. Je suis heureux de retrouver ma fille. Ma petite Dominique.

Puis avant de tomber dans ce qu'il appelle de la mièvrerie, il se relève d'un coup.

— Et alors? Cette liqueur? Il me semble que le moment est venu de se désaltérer, non? Un Coke ou un Seven'up?

— Seven'up, laisse-t-elle tomber en s'étirant.

Puis elle ajoute, malicieuse, en suivant son père à travers la pelouse qui mène à la maison.

— Est-ce que, par hasard, il ne resterait pas de ce merveilleux sucre à la crème que maman a fait dimanche? Je ne sais pas pourquoi, mais j'ai une faim de loup.

* * *

À peine le temps de faire un saut chez elle pour refaire une valise et pour prendre une douche et Cécile est aussi vite repartie. Vendredi, c'est le soir où elle se rend chez Mélina et Jérôme. Ils l'attendent pour souper. Gudule, la cage confortablement calée entre l'accoudoir et un sac de voyage, chante à pleine gorge sur la banquette arrière. Le soleil est encore haut et le vent qui s'engouffre par la fenêtre ouverte est toujours chaud.

Jérôme attendait son arrivée en se berçant sur la longue galerie qui ceinture la grande maison des Cliche. Quand il aperçoit la voiture de Cécile, en haut de la butte, il se relève aussitôt et descend les marches à sa rencontre. C'est peut-être le moment de la semaine qu'il préfère: celui où il attend l'arrivée de Cécile, le cœur un peu fou. Alertée par le bruit des pneus sur le gravier, Mélina se tient dans l'embrasure de la porte moustiquaire à demi ouverte. Cécile, c'est d'abord et avant tout la promise de Jérôme. Son cœur refuse de la voir autrement. Un grand sourire illumine son regard.

On a expédié le chat dans le jardin et installé Gudule sur le buffet, dans un coin de l'immense cuisine de Mélina. La table est mise avec la nappe des grandes occasions et des effluves de poulet rôti embaument toute la maison. Des verres à vin attendent devant chaque couvert. Malgré la réticence de Mélina pour qui toute forme d'alcool est synonyme de danger, Jérôme n'a pu se défaire de cette habitude. Il lui faut son ballon de rouge à chaque repas du soir. Mélina n'a pas eu le choix. Elle a ronchonné, tempêté, sermonné. Puis elle a choisi de se taire. Sans vouloir l'avouer, elle admet qu'elle s'y fait. Maintenant, il n'y a qu'un long soupir qui dit son désaccord quand elle voit son fils prendre une bouteille dans le buffet. Question de principes...

Mais quand Cécile lui a dit que le vin rouge, pris à l'occasion, pouvait être bénéfique pour son cœur (Ah oui? Eh ben...), Mélina a tout de même accepté d'en prendre quelques gouttes. Tout en spécifiant que pour elle, à l'occasion signifie uniquement quand il y a de la visite. Alors elle trempe ses lèvres dans un demi-verre de vin, deux fois pas semaine quand Cécile est là. En fait, elle ne trouve pas cela mauvais. Malgré tout, le reste du temps, elle soupire bruyamment dès qu'elle aperçoit l'ombre d'une bouteille pendant que Jérôme ravale un sourire moqueur et fait celui qui n'a rien entendu.

Dès qu'elle revient de l'étage où elle a déposé ses effets dans la chambre d'amis, Cécile se dirige directement vers Mélina, affairée devant ses fourneaux. Elle lui entoure doucement les épaules et la guide vers la table.

— Ce soir, c'est moi qui prends les opérations en main pour le repas. Venez vous asseoir, Mélina.

La vieille femme se met à rougir, peu habituée à de telles délicatesses. Tout au long de sa vie, Mélina a régné en maîtresse incontestable et incontestée dans sa cuisine. Elle essaie de se dégager.

— Mais voyons donc, Cécile. Ça pas d'allu...

La pression de la main de Cécile se fait un peu plus ferme.

— Vous avez préparé ce repas, à moi de le servir.

Puis d'une voix très douce.

— S'il vous plaît, Mélina. Je... Ça me ferait plaisir... J'aurais un peu moins l'impression d'être en visite.

Un éclat de satisfaction traverse le regard encore vif de la vieille dame. Se faisant subitement conciliante, elle se laisse guider vers la table. D'une main autoritaire, elle déplace une chaise et s'y laisse tomber. Puis elle lève les yeux vers Cécile.

— Si c'est rien que ça... T'es ici chez vous, ma belle. Pis tu l'sais... La louche est dans le deuxième tiroir à gauche.

Pendant le repas, Cécile a raconté sa visite à Montréal. Sa voix avait peut-être un petit quelque chose de forcé quand elle a décrit la maison de son frère avec moult détails, mais Mélina n'a pas semblé s'en apercevoir. Elle questionnait et s'informait avec l'enthousiasme d'un enfant. Et Cécile lui répondait avec emballement. Puis, alors qu'elle se levait pour retirer les couverts avant le dessert, le regard de Cécile a croisé celui de Jérôme. Il semblait boire ses paroles, mais sans vraiment l'écouter, le front strié d'une ride de concentration. Il y avait un tel reflet de perspicacité dans les yeux noisette qui la dévisageaient qu'aussitôt, Cécile s'est retranchée derrière une attitude de convenance. Elle avait la très nette sensation que le regard de Jérôme la transperçait de part en part, devinant qu'elle ne parlait pas vraiment de son séjour à Montréal. Qu'elle évitait l'essentiel. Rougissante, elle s'est dirigée vers le comptoir.

— Et vous, fait-elle faussement enjouée, en retirant la tarte aux pommes du four, quoi de neuf?

À ces mots, Jérôme sursaute. Puis chassant l'inconfortable sensation qui l'a gagné en écoutant Cécile, il fait un long sourire.

— Ici, ce fut la semaine des sucres...

Et devant la mine franchement stupéfaite de Cécile, il éclate de rire.

— J'ai décidé de rafraîchir la vieille cabane pour qu'elle soit fonctionnelle au printemps prochain, explique-t-il aussitôt.

— Rafraîchir, ronchonne bruyamment Mélina. Tu parles d'une expression pour parler d'une vieille cabane en bois...

Comme si t'étais pour la mettre dans la glace. Parle donc pour qu'on te comprenne, Jérôme. Ici, c'est retaper qu'on dit. Quand on veut faire des radous sur une antiquité comme celle-là, on dit retaper.

Jérôme étire encore plus son sourire devant la conviction boudeuse de sa mère.

— D'accord, maman. Retaper...

Puis se tournant vers Cécile.

— Au début, enchaîne-t-il toujours aussi volubile, je ne voyais qu'un peu de menuiserie pour remonter le toit. Mais à force d'y penser... Si tu voyais tout ce que l'on pourrait y faire. Te rappelles-tu le vieux poêle dans le coin? Eh bien, j'ai pensé qu'on pourrait le...

Il y a tant de joyeuse attente dans la voix de Jérôme que Cécile en a oublié son regard de tout à l'heure. À force de tout vouloir comprendre, elle a dû se laisser emporter par son imagination. Ce n'est que ça... À son tour, elle se glisse dans la conversation, projette et propose, soutenue par l'appui inconditionnel de Mélina qui n'arrête pas d'interrompre son fils.

— Jérôme, tu devrais écouter quand une femme parle. Surtout si y'est question de poêle pis de chaudron. Même si c'est pour du sirop...

Selon elle, il n'y a que Cécile qui puisse juger si les idées de grandeur de son fils ont la moindre chance d'être concrétisées un jour.

— Encore faut-il qu'elles soient réalisables, tes idées, Jérôme. Une salle à manger, voir si ça a de l'allure... On n'est pas dans un grand monastère ici, mon garçon. On est juste sur une ferme dans un coin perdu d'la campagne... Pour quoi c'est faire, une salle à manger, j'vous l'demande un peu! Ah les hommes! a-t-elle conclu sceptique en se retirant pour la nuit.

Et pour la première fois, depuis de longues années, un regard de complicité se glisse entre Cécile et Jérôme.

Dès le déjeuner terminé, le lendemain matin, Jérôme et Cécile empruntent le chemin de terre qui remonte le long du champ jusqu'à la cabane. Les épis de maïs sont déjà hauts, bien que verts. Jérôme a pris la main de Cécile. Comme si la canne ne suffisait pas, ce matin, et qu'il avait besoin d'un appui supplémentaire. Le ciel est brumeux. Il fait chaud. De cette chaleur particulière, un peu collante, quand le mois d'août choisit de ressembler à juillet. Ils parlent des projets de Jérôme. Puis Cécile éclate de rire quand Jérôme se penche vers elle et lui glisse quelque chose à l'oreille. Leur démarche se fait plus lente et Cécile glisse son bras sous celui de Jérôme. Un autre rire fuse au-dessus du champ de maïs, puis Cécile et Jérôme se retournent en même temps, embrasant le paysage d'un seul et même regard. Cécile sourit. De ce sourire un peu triste qui est le sien mais qui sait si bien dire à sa façon l'attachement qu'elle connaît, elle aussi, pour ce coin de pays. Jérôme lève le bras comme s'il voulait montrer un détail particulier ou encore saluer quelqu'un. Puis ils reviennent face au boisé d'érables qui se rapproche d'eux. Ils reprennent leur marche à pas lents, côte à côte, Jérôme appuyé sur sa canne et Cécile balançant à bout de bras un sac de toile beige contenant papier, crayons et ruban à mesurer.

Ce matin, Cécile Veilleux et Jérôme Cliche vont dessiner les plans d'une nouvelle cabane à sucre, pour la ferme des Cliche, sur le rang du Bois de Chêne, à Sainte-Marie de Beauce.

Ce n'est qu'un tout petit projet qui n'engage que l'avenir immédiat. Mais c'est suffisant pour qu'ils se sentent heureux d'être ensemble...

PARTIE II

Les bouleversements

3

Dominique est à la cuisine à préparer la liste interminable des courses et des achats à faire avant la rentrée scolaire. Par la fenêtre, elle entend les cris de joie de sa plus jeune qui a convié quelques amies du quartier à jouer avec elle. Le temps est plus frais, mais le soleil reste présent. Dans quelques jours, les deux grands reprendront le chemin de l'école secondaire et Geneviève fera ses premiers pas dans le monde de l'éducation: mademoiselle Grondin l'attend en première année, à l'école du quartier. Et Dominique pousse un profond soupir de soulagement. Avec les classes qui recommencent, François devrait lui causer moins de problèmes. Inscrit au collège, son fils n'aura plus le choix: il devra inévitablement couper les ponts avec certains amis qu'elle juge indésirables. Encore deux semaines et le cauchemar devrait s'effacer de lui-même, sans crise ni argumentations. C'est tout ce que souhaitent Dominique et André. Parce que l'été 1984 n'a pas été facile pour eux.

Tout a commencé au début des vacances scolaires. François leur avait présenté deux nouveaux copains: Marco et Patrick, qui habitaient à quelques rues seulement. François les avait rencontrés au parc, alors qu'il était allé s'y installer pour lire. Tout de suite, les trois adolescents avaient trouvé des points communs: théâtre, jeux de balle... Dominique avait été ravie de voir qu'elle n'aurait pas à reconduire son fils à tout moment à l'autre bout de la ville chez Mathieu, un ami du collège. D'autant plus qu'André connaissait vaguement le père de Marco pour l'avoir croisé à quelques reprises dans les diverses organisations de la paroisse.

— Ça me semble une bonne famille, avait-il souligné un soir qu'il en parlait avec Dominique.

Ils étaient tous les deux au salon et profitaient d'une soirée en tête-à-tête, Frédérik étant à un entraînement et Geneviève chez ses grands-parents pour la nuit. Quant à François, il avait filé aussitôt le repas englouti... Le jeune garçon un peu renfermé s'était peu à peu transformé au contact de ses nouveaux amis.

— Si je me rappelle bien, avait poursuivi André, Marcel, le père de Marco, serait membre du club Optimiste. Je pense qu'il est responsable du concours oratoire annuel.

Cela avait suffi à rassurer Dominique qui avait toujours été réticente devant les nouveaux amis. Surtout que cette fois-ci, François leur avait demandé d'annuler son inscription au camp de jour anglais. Camp qu'il fréquentait chaque été depuis quelques années.

— S'il vous plaît, avait-il plaidé. Pour une fois que j'aurais tout un été à moi. J'ai assez étudié pendant l'année. Cette fois-ci, j'ai envie de profiter de l'été. J'ai envie de m'amuser un peu.

Et devant l'hésitation de ses parents, il avait ajouté:

— Vous n'êtes pas satisfaits de mes notes?

À ces mots, les derniers remparts de réticence avaient craqué. François n'avait pas tort: il venait de leur remettre un bulletin dont ils étaient fiers. Il ne serait jamais un premier de classe, ils le savaient et n'exigeaient pas l'impossible de leur fils. Mais en cette fin d'année, il avait, sans contredit, fait de beaux efforts. Alors, Dominique l'avait embrassé en lui disant qu'il avait raison. François avait poussé un cri de sauvage et s'était enfui vers le parc pour annoncer la bonne nouvelle à ses nouveaux copains.

— Les temps changent et les enfants grandissent, avait alors philosophé André, un brin moqueur devant l'exubérance de leur fils. Ils ont droit à leur vie.

Et c'est exactement ces mots que Dominique s'est répétée à tous moments, pendant ce fameux été, en essayant de se rappeler sa propre adolescence. Son petit François apprenait à devenir un homme et elle devait respecter ce cheminement. Et pendant quelques semaines, devant la transformation de François, Dominique s'était même réjouie de cette décision. Au contact de Patrick et Marco, son fils semblait s'épanouir. Il était plus ouvert, plus volubile, lui qui auparavant se complaisait de lectures et de solitude. Il semblait à l'aise avec ses nouveaux amis, parlait sport et théâtre, discutait ouvertement avec ses parents. Pour la première fois de sa vie, François avait une bande d'amis tout comme Frédérik, son cadet, qui lui n'avait que l'embarras du choix quand venait le temps de contacter quelqu'un pour passer le temps ou planifier une sortie. Maintenant, quand François quittait la maison, de plus en plus souvent, c'était pour une partie de balle quelconque au parc ou encore pour une soirée d'impro dans un sous-sol. Dominique avait l'impression que la chrysalide devenait tranquillement papillon. Et finalement elle s'en réjouissait.

La nouvelle bande de François comptait maintenant une quinzaine de jeunes, garçons et filles. Ils passaient toutes leurs journées ensemble, chez l'un ou chez l'autre. Parfois même chez François ou chez son grand-père quand il faisait chaud et qu'ils avaient envie de se baigner. Dominique avait été gênée quand elle avait compris que son fils s'était adressé directement à son grand-père. Mais René l'avait rassurée: toute cette bande d'adolescents le rajeunissait.

— Arrête de t'en faire, Dominique. C'est bon signe si François s'adresse directement à moi. Il prend ses responsabilités. C'est très bien...

Son père n'avait probablement pas tort.

Puis un bon matin, vers la fin du mois de juillet, à son réveil elle avait trouvé la chambre de François vide. Son fils n'était pa rentré dormir. Pendant un moment, le cœur de Dominique avait oscillé entre la colère et l'inquiétude. Elle était seule à la maison, André ayant quitté la ville pour quelques jours à cause de son travail. L'inquiétude l'avait facilement emporté. C'est l'esprit à des lieux de sa cuisine qu'elle avait préparé le déjeuner de Frédérik et Geneviève qui devaient partir pour leur camp de jour. François était revenu quelques instants plus tard, toute une pléiade d'excuses à la bouche. Il avait le regard vide de qui n'a pas beaucoup dormi. Nonchalant, il était entré dans la cuisine et, sans même saluer sa mère, il avait lancé en ouvrant la porte du réfrigérateur:

— Je m'excuse. Je sais que j'aurais dû appeler...

D'un coup sec, Dominique avait refermé le frigo, obligeant François à lui faire face. Maintenant qu'elle le savait hors de danger, la colère reprenait le dessus.

— Non, François. Tu aurais dû entrer, pas appeler. Tu aurais dû entrer à minuit, comme convenu.

Aussi grand qu'elle, François l'avait regardée droit dans les yeux avant de faire pression pour essayer d'ouvrir la porte du réfrigérateur.

— J'ai faim.

Dominique avait reculé d'un pas, presque machinalement, pendant que François poursuivait en attrapant le litre de lait et une brique de fromage, tout en continuant sur sa lancée.

— Minuit... On dirait que je suis encore un bébé. Je suis le seul à être obligé d'entrer à minuit. C'est ridicule.

— Mais c'est normal que...

François, face au comptoir, s'était retourné sèchement. Sa voix était rauque et sourde. Presque une voix d'homme.

— Normal? Tu trouves ça normal de me surveiller comme tu le fais?

Dominique n'en revenait pas. Quelques mots, en apparence banals, et voilà que son fils l'accusait. Que s'était-il passé? Comment en étaient-ils venus à se parler sur ce ton? Brusquement, elle voyait à quel point son fils avait changé en quelques mois. François se tenait devant elle, arrogant. Pour la première fois, elle voyait un de ses enfants comme un ennemi. Ce ton que François employait et ce regard qu'il lui jetait. Une grande tristesse avait alors tout balayé dans son esprit. Elle aurait voulu s'approcher de lui, le prendre tout contre elle comme quand il était petit et venait de se faire mal. Mais elle était paralysée devant lui, devant ce grand adolescent qui ne ressemblait plus au petit François. Elle n'osait pas faire le pas qui la séparait de son fils. Pourtant sa voix ne trahissait que tendresse.

— Mais voyons, François, ce n'est pas une question de surveillance. C'est juste que je crois...

François ne l'avait pas laissé terminer sa pensée. Sa voix était toujours aussi chargée de colère, comme s'il mordait dans chacun des mots qu'il disait.

— Je l'sais bien que tu me fais pas confiance, avait-il accusé. Le père de Marco, lui, il dit que maintenant, on a le droit de prendre certaines décisions. Tu vois, il croit que...

Dominique écoutait les paroles de son garçon et elle se revoyait au même âge, argumentant à n'en plus finir avec sa mère pour obtenir une permission. Sa mère pliait souvent devant les astuces pourtant cousues de fil blanc que lui servait la jeune Dominique. Était-elle naïve ou voulait-elle uniquement plaire à Dominique, sachant la situation tendue entre elles? La jeune femme ne saurait le dire. Chose certaine, même si parfois elle a menti, même si elle a pris certains risques, Dominique ne s'en porte pas plus mal. C'est pourquoi, pendant un moment, elle a été tentée de clore la discussion. Pourquoi en faire tout un plat? Il est revenu, non? N'est-ce pas là l'essentiel?

Pourtant, malgré cela, elle n'arrivait pas à entrer dans le jeu de son fils. Elle sentait confusément qu'elle devait garder la maîtrise de la situation. Non, bien franchement, elle ne savait ni pourquoi ni comment. Simplement, François n'était pas vraiment lui-même et cela l'agaçait, l'inquiétait. Tout ce qu'elle avait à l'esprit, c'était cette obligation de ne pas le suivre sur la pente glissante des excuses et des raisons plus ou moins valables. D'un geste vif, elle avait tendu la main pour saisir le fromage avant que la brique ne disparaisse au complet.

— Ça suffit.

À son tour, sa voix était cassante. Peut-être était-ce pour éloigner les larmes?

— Et cesse de me parler la bouche pleine, avait-elle ordonné d'un ton qui n'acceptait pas la réplique. J'ai horreur de ça, tu le sais. De toute façon, je ne tiens pas à savoir ce que le père de Marco dit à son fils. Ce qui se passe chez tes amis ne me regarde pas. Pas plus que toi, à ce que je sache.

François l'avait alors toisée avec encore plus d'arrogance, en haussant les épaules.

— On sait bien... «Madame je sais tout».

— Pardon?

— Oui, exactement, «Madame je sais tout». J'en ai assez de me faire traiter comme un enfant.

Dominique était restée silencieuse un instant. À nouveau, c'est une immense tristesse qui étreignait son cœur, allant jusqu'à obscurcir sa pensée. Elle se sentait agressée sans en comprendre la cause. Était-ce bien son fils, son François qui lui parlait ainsi? Était-ce à cela qu'avait mené le fait de se joindre à une bande de nouveaux amis? Cette nouvelle assurance lui semblait tout à coup une fort mauvaise conseillère. Et comment se faisait-il qu'ils en soient arrivés là? Elle avait alors tenté de réparer l'irréparable.

— Mais tu es encore un enfant. Tu es mon enfant, François. Il est normal que je m'inquiète pour toi et que je veuille savoir où tu es. Ce... ce n'est pas de l'inquisition, François. C'est simplement que je suis responsable de toi. Que nous sommes responsables de toi, ton père et moi. Tant que tu vas habiter ici, je veux savoir où je peux te rejoindre. Il va falloir que tu...

Pendant que sa mère parlait, François avait calé son verre de lait avant de le lancer dans le lavabo. Puis il s'était dirigé vers la porte. Indifférent, comme si les paroles de Dominique ne s'adressaient pas à lui. Mais au moment de franchir le seuil de la porte, il s'était retourné vivement. Son regard lançait des éclairs.

— C'est en plein ce que je viens de te dire: tu me surveilles. C'est... c'est une prison ici. On peut pas respirer sans demander la permission.

— Mais voyons donc! Ça n'a aucun sens ce...

— C'est ça... Dis donc tout de suite que je suis malade. C'est ça, hein? Dis-le donc une bonne fois pour toute.

— Mais dire quoi?

— Que t'en as assez de moi. Que je dérange.

— Ça n'a rien à voir avec le fait que tu... Mais te rends-tu compte de ce que tu es en train de dire?

— Oh oui! Il était temps que quelqu'un ose dire les vraies choses, ici. Si tu me faisais confiance, tu n'agirais pas comme tu viens de le faire et on en serait pas là. Tout est de ta faute. Tu fais toujours des drames avec des niaiseries. Si tu écoutais quand je parle, aussi. Ça fait plus d'un mois qu'on joue à Donjons et Dragons. Hier, on arrivait à la fin. Je ne pouvais pas partir, sinon la partie n'aurait pas pu continuer. Alors je suis resté. Je pense que j'ai le droit de prendre une décision comme celle-là et c'est pas toi qui vas m'en empêcher... Je... Je ne veux plus qu'on rie de moi quand je dis que je dois rentrer. Peux-tu comprendre ça?

Et sans attendre de réponse, François avait tourné les talons et était monté dans sa chambre. Quelques minutes plus tard, on entendait le bruit de l'eau dans la douche, suivi de peu par celui de la porte d'entrée qui venait de claquer. François était reparti.

À son retour, vers la fin de l'après-midi, il n'était plus le même. L'enfant de Dominique était de retour. Contrit,

François avait demandé pardon à sa mère.

— Je ne sais pas ce qui m'a pris, ce matin. Je m'excuse. Je... je t'aime maman.

À partir de ce jour-là, les relations entre François et ses parents avaient changé complètement. Au retour d'André, Dominique lui avait tout raconté. La voix de son mari avait tant et tant tonné dans toute la maison que les vitres en avaient presque tremblé. Il promenait ses six pieds et sa carrure à travers le salon comme un ours en cage, ses cheveux gris en bataille, la chemise entrouverte et la cravate à demi défaite. Il était vraiment en colère contre son fils. Dominique avait regretté de s'être confiée à lui. Surtout quand, le lendemain matin, elle avait croisé le regard lourd de reproches de François. Le lien de confiance venait d'être rompu. Dominique en était persuadée. C'est aussi à ce moment-là qu'elle avait commencé à se sentir coupable. Elle savait que c'était ridicule, qu'elle n'était pas responsable, mais elle n'y pouvait rien. Elle avait l'impression de marcher sur des œufs, se sentant prise entre son mari et son fils comme entre l'arbre et l'écorce. En même temps, son ressentiment envers Cécile avait disparu, fondu comme neige au soleil. Elle venait de comprendre qu'il y a parfois certains événements qui dépassent tout entendement et viennent fausser les comportements habituels.

François avait donc passé le reste de l'été à vivre comme un courant d'air. Tour à tour enjôleur quand il voulait envahir la maison avec ses amis ou arrogant et superbe quand il n'avait pas besoin de ses parents. Il passait de l'enfant gentil et serviable à l'adolescent frondeur et mesquin à une vitesse déconcertante qui laissait Dominique un peu plus meurtrie chaque fois.

C'est pourquoi, ce matin, écoutant les cris de joie de sa petite Geneviève et préparant la rentrée scolaire, Dominique ressent un immense soulagement. Retrouver ses anciens amis devrait aider François à se ressaisir et enfin tourner la page. Sur ce point, André est tout à fait d'accord avec elle. Même si son mari est prompt à la colère, il s'avoue aussi démuni que

Dominique devant les bravades de leur fils. Pas plus que sa femme, André ne peut retenir François de force à la maison. Bien souvent quand ils en parlent tous les deux, ils essaient de se convaincre qu'ils font probablement une montagne avec un grain de sable. Mais en même temps, c'est toute l'inquiétude du monde qui se reflète dans leurs regards. François c'est leur fils. Et ils l'aiment tellement... Et s'ils concèdent qu'un peu d'assurance est un atout dans la vie, ils n'en pensent pas moins que l'enfant réservé avait tout de même son charme.

* * *

Dans la brise fraîche du petit matin, les épis de maïs ondulent mollement, chatoyant dans tous les tons de l'or le plus pur. Le ciel est floconneux d'une multitude de tout petits nuages blancs qui se poursuivent d'un bout à l'autre de l'horizon. Polissons, ils ravissent par-ci par-là quelques rayons d'un soleil rendu tiède par la saison. Septembre est là, à deux pas seulement.

Et les vacances de Cécile tirent à leur fin.

Depuis plus d'une semaine, elle a établi ses quartiers dans la grande maison des Cliche. Cela faisait des années qu'elle n'avait pas pris ses vacances dans la Beauce. Et tout en marchant d'un bon pas vers la cabane à sucre, elle comprend à quel point elle est restée attachée à ce coin de campagne. Le pays de son enfance, de son adolescence. Et si le destin l'avait voulu, c'est ici qu'elle aurait passé toute sa vie.

Elle y aurait été heureuse.

Ralentissant l'allure, Cécile se met à respirer profondément. Elle est bien ici. Tout ce dont elle a besoin pour être heureuse se trouve à portée de main ou d'intention. Et quand elle y pense bien, c'est aussi vrai qu'hormis Gérard, Dominique et Denis, son fils, tous ceux pour qui elle a une affection particulière habitent encore ici. Sa sœur Louisa a épousé un ami d'enfance et s'occupe avec lui d'une ferme d'élevage de l'autre côté de la rivière. Gabriel, le petit Gabriel a repris la terre familiale avec Paul, son frère aîné. Puis il y a ses autres frères et sœurs qui n'ont jamais quitté la région: Jean-Pierre a ouvert un magasin de meubles à Saint-Joseph; Marion et Michel, les jumeaux, sont travailleurs sociaux au CLSC de Beauceville; Béatrice est restée célibataire et elle est toujours professeur à la polyvalente de Sainte-Marie; Marcel et Roger, les deux inséparables, ont finalement marié deux sœurs et vivent voisins, au village, bien qu'ils occupent des emplois à la ville; Rosaire est maître de poste et Gilbert, son cadet d'un an, possède une ferme maraîchère au village d'à côté. Oui, c'est ici que Cécile retrouve ses attaches, solidement enracinées dans ses souvenirs les plus lointains. Sans oublier Mélina, la mère de Jérôme. À ses yeux, cette femme merveilleuse sera toujours le principal témoin des plus beaux moments de sa vie comme des plus douloureux. L'unique témoin encore vivant de cette génération qui aura bouleversé le cours de son existence. Elle se revoit gamine, revenant de l'école avec Jérôme, partageant une collation avec lui dans la grande cuisine de Mélina qui sentait toujours bon le pain frais... Et quand ils faisaient les foins, et quand elle y venait après une longue promenade d'amoureux pour se repaître d'un moment de silence avant de retourner chez elle, et parfois à Noël ou à Pâques... Une rafale lui balaie l'esprit. Tous ces souvenirs qui lui reviennent, beaux, tristes, attendrissants, déchirants.

Les yeux embués par l'émotion, elle se laisse tomber en bordure du champ de maïs. Sur sa droite, la récolte est déjà faite et de cette place, Cécile domine la vallée. Le clocher de l'église du village se glisse à travers les sapinages, en bas de la colline, et quelques reflets argentés laissent deviner la rivière calme et paisible à cette époque de l'année. Devant elle, sur le coteau de l'autre rive, les érablières commencent à se parer de couleurs vives en touches subtiles d'or et de cuivre. L'automne se prépare même si l'été bat encore de l'aile.

Le cycle immuable des saisons, le cycle implacable de la vie...

La vie... Cécile pousse un long soupir tremblant. Sa vie à elle, Cécile Veilleux, qu'a-t-elle été, finalement? Peut-elle se dire, à l'aube de la vieillesse, peut-elle se dire qu'elle en est fière? En se posant cette question, Cécile redresse aussitôt les épaules. Assurément. Elle ne regrette pas ce qu'elle en a fait. Ce que le destin l'a obligée à en faire. Elle a été sincère jusqu'au bout. Face à elle, face à Charles, face à Jérôme, face à la vie. Même si elle n'avait jamais prévu que son existence prendrait un tel tournant après la naissance de sa fille... Juliette... Un sourire ému adoucit le regard tourmenté de Cécile. Comme un reflet de jeunesse qui fait oublier les rides de l'âge. Dominique se prénommerait Juliette si Jérôme et elle avaient pu la garder. Juliette... Ce prénom, c'est le seul lien qui la rattache à cette période de sa vie. La période la plus belle, la plus intense à cause de cette relation qu'elle vivait avec l'enfant qui grandissait en elle. La plus difficile aussi à la pensée de s'en séparer au moment de la naissance. Dieu qu'elle en avait voulu à son père pour cette décision prise à sa place. Pendant toute sa grossesse, Cécile a été éloignée de Jérôme et comble d'injustice, elle n'a jamais vu le bébé qu'elle venait de mettre au monde. Elle s'imagine, pantelante, encore tremblante de son accouchement, devant la fenêtre de la pouponnière essayant de repérer un bébé qui n'y était déjà plus. Et la douleur qu'elle avait connue, seule devant la rangée de petits lits blancs quand elle avait compris que Juliette était déjà partie vers une destinée qui lui échappait. Une douleur si intense qu'on ne peut l'oublier, malgré les années qui passent. En ce moment, elle lui revient aussi dure et tranchante que ce soir-là, lui coupant presque le souffle.

De la maternité, Cécile ne garde que tristesse et amertume. Elle qui rêvait d'une vie remplie d'enfants accrochés à ses jupes, elle n'aura connu que la souffrance du corps et le vide du cœur. Malgré ses soixante ans, Cécile serre toujours les poings quand elle y pense. C'est une plaie qui ne refermera jamais. Puis il y avait eu Gabriel. Ce minuscule bébé que sa mère lui avait confié avant de mourir. C'est un peu à cause de lui si Cécile et Jérôme ne s'étaient pas mariés. Oui, quand elle y pense bien froidement, Cécile reconnaît que c'est en grande partie à cause de Gabriel si Jérôme est parti pour le service militaire. Mais face à son frère, Cécile ne ressentira jamais de regrets. C'est grâce à ce tout petit bébé qu'elle avait repris goût à la vie. D'un seul regard, le petit Gabriel avait occupé la place laissée vacante par sa fille et Cécile l'avait aimé avec la tendresse d'une mère. Jamais elle ne lui avait parlé de ces mois où elle l'avait allaité, une drôle de pudeur la retenant chaque fois. Mais encore aujourd'hui, il existe un lien particulier entre Gabriel et elle. Comme un instinct qui dicte la route à suivre alors que rien ne nous y aurait préparé.

Puis il y a eu Charles. Son mari, son ami, son confident. Un homme qu'elle a profondément aimé et qui l'a aidée à retrouver Dominique. Entre eux, le temps avait su tisser une complicité qui leur avait permis de traverser les épreuves et de bannir les silences. Avec lui, Cécile est allée chercher Denis quand ils ont compris qu'ils ne pourraient pas avoir d'enfants. Et Denis, aujourd'hui, c'est le fils dont elle est fière. C'est l'être qu'elle aime probablement le plus. Elle a compris, au fil du temps, que les liens créés par la vie ont parfois plus de prix et d'importance que ceux du sang. Même si jamais il ne lui viendrait à l'esprit de choisir entre Dominique et Denis. Ils sont les deux enfants de sa vie. Chacun à sa façon. Dans sa droiture, Cécile ne peut accepter de demi-mesures ou de compromis mesquins. Elle aime Denis pour les années qu'ils ont vécues l'un près de l'autre, pour la famille qu'ils ont formée à trois, pour sa nature franche et droite. Elle aime Dominique pour l'amour qu'elle lui a permis de connaître, pour le don de soi, pour sa générosité spontanée. Et c'est déjà beaucoup pour regarder derrière soi et y puiser une satisfaction profonde. Et c'est beaucoup pour oser regarder devant soi et espérer que la vie continue à être généreuse. Cécile aurait envie de rajouter que la vie qui s'offre à elle pour les années à venir est différente, imprévue et persiste à être surprenante, déroutante. Un peu à l'image de ce qu'elle lui a toujours réservé.

Oui, quand elle y pense vraiment, la vie n'a été que surprises. Parfois douloureuses, souvent généreuses. Et même à soixante ans, alors qu'il ne pourrait rester que la douceur d'un quotidien prévisible, voilà que Cécile doit tout recommencer. Comme si elle avait à nouveau vingt ans. Mais contrairement à cette jeune femme qui mordait dans la vie, aujourd'hui, apparaît la peur de se tromper. Elle n'a plus vingt ans, et elle sait que les souffrances sont parfois bien plus grandes que les joies. Et Cécile ne veut plus souffrir. Alors elle a peur du temps qui vient.

Contre toute attente, au-delà de ses espoirs les plus fous, il y a maintenant Jérôme. Un homme qu'elle aime depuis toujours. Un homme qu'elle aura espéré tout au long de sa vie et qui lui est revenu. Un homme qu'elle voudrait tant reconnaître à travers les différences engendrées par le passage du temps. Un homme qu'elle espère aimer à nouveau, justement à cause de ses différences.

Au-dessus d'elle, très haut dans le ciel, Cécile entend l'appel lancinant des oies. Les premières à se préparer pour le long voyage vers le sud. Que disait-elle tout à l'heure quand elle parlait du cycle immuable de la vie? Dans le fond, rien n'est imprévisible. Toute chose a un sens et une raison d'être. À elle de savoir ce qui lui est réservé et de faire en sorte que tout soit beau et bon.

Se relevant d'un bond, elle reprend sa route vers le fond du champ. Les nuages s'accumulent sur l'horizon dégageant le ciel. Quelques criquets cassent l'air qui se réchauffe peu à peu sous le soleil du matin. Cécile accélère le pas. Sûrement que Jérôme doit commencer à s'inquiéter pour son déjeuner. Il travaille depuis l'aube à la cabane à sucre, chaque jour sans relâche. Au printemps prochain, il y invitera toute la famille. Et pour lui, la famille, c'est autant les Cliche que les Veilleux...

Pendant qu'il travaillait à redresser le toit, Jérôme surveillait la venue de Cécile du coin de l'œil. Dès qu'il la devine sur le sentier sinueux qui serpente entre les sapins et les érables, touche colorée contre le gris des troncs, il redescend de son perchoir pour venir à sa rencontre. Sans sa canne. Un mois de promenade le long du chemin de desserte et de va-et-vient autour de la cabane lui ont redonné de l'assurance. Il marche au-devant de Cécile le dos droit et le regard fier. Jamais il n'a été aussi heureux que depuis une semaine. Cécile, sa petite Cécile est avec lui.

Partager à nouveau quelque chose avec elle, vivre au quotidien à ses côtés sont à ses yeux un simple et juste retour des choses. À la côtoyer jour après jour, Jérôme a compris qu'il aimait toujours Cécile. Aussi sincèrement qu'au temps de leur jeunesse. C'est la boucle de sa vie qui consent enfin à se boucler. Les années du monastère s'évaporent dans un nuage flou. Tous ses souvenirs se couplent et se croisent, s'unissent et se rapprochent. Hier, aujourd'hui et demain ne font plus qu'un. Car Cécile n'a pas changé. La jeune femme qu'il a quittée sur le quai d'une gare, quarante ans auparavant est toujours là. Nous sommes hier et nous sommes demain. Et Cécile est avec lui. Comme hier et comme demain. Elle est tout à fait semblable dans sa douceur et ses indécisions, dans sa droiture et ses remarques, dans sa tendresse et sa volonté. Et elle est toujours aussi belle.

Cécile partage un café avec lui, tout en commentant les travaux qui vont bon train. Elle est heureuse de ce projet car il lui permet de mieux reconnaître Jérôme. Elle n'est pas prête à faire plus pour l'instant. Alors, elle parle des travaux. Jérôme lui répond, un peu pensivement. Assise sur une nappe à même le sol, vêtue d'un jeans et d'un grand chandail rose, Cécile a l'air d'une gamine. Ses longs cheveux gris, retenus par un ruban, ressemblent étrangement à ceux qui formaient un écran qui les isolait du monde entier quand ils faisaient l'amour. C'est à cela qu'il pense, Jérôme, tout en finissant son omelette et en répondant à Cécile du bout des lèvres et de la pensée. Il aurait envie que ce soit hier, ce temps des amours un peu folles. Ce temps des amours insouciantes. Que ce soit hier et que ce soit encore aujourd'hui. Il aurait envie de la prendre dans ses bras, de la porter à l'intérieur de la cabane pour lui faire l'amour. Comme lorsqu'ils avaient vingt ans. Mais voilà, ils n'ont plus vingt ans et Jérôme a passé la plus grande partie de sa vie dans un monde d'hommes. Alors il se sent malhabile et malheureux.

Comment, comment dit-on à une femme qu'on l'aime et qu'on a envie d'elle?

Jérôme pressent qu'il ne doit rien brusquer. Il doit réapprivoiser Cécile, la séduire petit à petit.

Cécile a fini de ramasser les reliefs du repas. Comme chaque jour, elle se relève pour porter le panier d'osier à l'intérieur.

— Alors, lance-t-elle gaiement en se penchant pour attraper la nappe, qu'as-tu prévu pour moi aujourd'hui?

Sans répondre, Jérome se lève à son tour et la suit dans la cabane. Il n'a plus envie de travailler. Pas avant de lui avoir posé mille et une questions. Il aurait envie d'un moment de tendresse, de complicité. Du bout des gestes et des mots. Comme une espérance partagée. Alors, la voyant en train de plier la nappe, Jérôme s'approche d'elle, l'entoure de ses deux bras et pose les lèvres sur son cou. Tout doucement, comme on manipule un objet précieux ou comme on embrasse un nouveau-né. Il sait bien qu'il ne doit rien précipiter. Simplement, il veut qu'elle sache l'amour qu'il ressent toujours pour elle. Que Cécile abandonne sa tête contre son épaule et il sera un homme heureux. L'attente lui sera alors plus douce. Mais à son contact, Cécile sursaute avant de se cabrer en échappant la nappe sur le sol. Elle se retourne vivement.

— Mais Jérôme... Pourquoi? Ce n'est pas ce que je...

— Cécile, non. Ce n'est pas ce que tu crois.

— Ce que je crois? Qu'est-ce que je suis supposée croire? Je... Nous sommes ici pour travailler.

— Je sais.

— Alors?

Cécile reprend la nappe et évitant le regard de Jérôme, elle la plie à gestes vifs. Pourquoi se sent-elle brusquement aussi agressive envers lui? Ça ne lui ressemble pas. Pourtant, elle ne cherche pas à comprendre. Cécile écoute cette curieuse colère qui gronde et elle refuse de l'éloigner. Comme si cet emportement lui faisait du bien. Confus, Jérôme n'a pas bougé. Il constate la brusquerie des gestes de Cécile. Il est malheureux.

— Alors? J'ai eu envie de te dire que je t'aimais. Que je...

Il voudrait tant que Cécile essaie de partager ce qu'il ressent. Devant sa réaction, il ne demande même plus qu'elle y réponde. Juste qu'elle comprenne. Cécile a relevé vivement la tête en l'interrompant.

— Que tu m'aimes? Qu'est-ce que ça veut dire aimer? Le sais-tu, toi? Moi, j'ai l'impression que je ne sais pas, que je ne sais plus.

— Et si je te disais que moi je le sais? Que je l'ai toujours su.

Tout en parlant, Jérôme a tendu la main

vers elle. Pendant un instant, elle regarde cette main forte, aux longs doigts. La tentation de faire le pas qui la sépare de Jérôme se fait forte. Poser sa tête sur son épaule, s'en remettre à lui. Puis elle se rappelle. Ils étaient dans une cabane à sucre comme celle-ci, la cabane du père Croteau, elle avait cru en lui, dans cette force qu'il avait face à l'existence. Sa vie avait alors basculé. Elle a peur des larmes et des déceptions. Il y a un mois encore, elle avait marché avec lui main dans la main, le long du champ. Elle se disait que tant que cette main serait là, rien ne pourrait lui arriver. Et voilà que maintenant elle hésite. Car elle se souvient aussi qu'un jour, la main n'avait plus été là... Il n'y a que cette évidence qui encombre son esprit et son cœur. Elle avait fait confiance et elle avait été trahie. Par qui n'a plus d'importance. Il n'y a que la souffrance qui reste bien présente, solidement ancrée au rocher des souvenirs. C'est d'une voix lasse qu'elle lui répond enfin.

— Tu dis que tu as toujours su que tu m'aimais? Non, Jérôme, non, tu n'as pas su. Ton amour n'a été que silence. Tu...

— Mais c'est pour toi que je n'ai pas...

À ces mots, Cécile se retourne vivement. En elle revient l'angoisse et la déchirure, la douleur et les questions sans réponse qui ont rempli sa vie. Qui est-il cet homme à l'étrange accent pour venir lui dire qu'il avait décidé pour elle? Brusquement, Cécile a l'impression de faire face à un inconnu. Sa voix est vibrante, son œil acéré:

— Pour moi? Tu dis que ton silence était de l'amour pour moi? De quel droit as-tu choisi pour moi, Jérôme? Tu n'aurais pas dû. Ça ne t'appartenait pas. Quand on aime, on fait confiance. On a envie de se battre, on fonce droit devant.

Jérôme la regarde longuement. Il se revoit avec elle, un après-midi de printemps, à la croisée des rangs. Elle venait de lui annoncer qu'ils ne se marieraient pas tout de suite parce que Gabriel avait besoin d'elle. Et cette colère qu'il avait ressentie elle est toujours là!

— Et toi, demande-t-il d'une voix sourde, toi aussi tu as choisi pour moi, non? Je me suis présenté à l'armée, à cause de ton choix. Et toi aussi tu disais que tu le faisais au nom de l'amour.

— Mais ce n'est pas pareil. Tu ne comprends rien. Je n'avais pas le choix, Jérôme. Malheureusement, je n'avais pas le choix. Mais toi tu l'avais. Tu pouvais revenir. Et tu ne l'as pas fait.

Que de chemin à parcourir avant de se retrouver. Mais surtout, elle vient de comprendre sa réticence. Ce n'est pas uniquement la langue aux curieux accents ou les brusques silences. C'est qu'elle lui en veut. Oui, Cécile lui en veut terriblement de ne pas avoir donné signe de vie. Ça ne ressemble pas au Jérôme qu'elle connaissait. Sans ce voyage en France, jamais elle n'aurait su qu'il était vivant. Elle aurait porté un deuil inutile. Elle aurait continué à verser des larmes stériles. Oui, elle lui en veut. Alors, qu'il ne vienne pas lui parler d'amour. Pas maintenant. Pas tout de suite. Elle doit apprendre le pardon avant. Et lui à le demander.

Elle saisit le panier d'osier, bien décidée à quitter la cabane. Sa place n'est plus ici. Pas aujourd'hui. Elle regarde longuement Jérôme, la lassitude, la grisaille de toute une vie d'attente au fond des yeux. Puis elle lui fait un tout petit sourire un peu triste qui raconte ce qu'elle a vécu.

— Je crois que je vais retourner à la maison. Quand je suis partie, ta mère parlait de faire du pain... Je crois qu'il est préférable que je l'aide. Elle n'est plus toute jeune...

Tout en parlant Cécile s'est avancée vers la porte.

— Cécile?

Elle s'arrête sur le seuil sans se retourner, sans voir les larmes qui brillent au bord des paupières de Jérôme. Elle l'entend qui fait un pas vers elle.

— Oui?

— Pardon, Cécile. Pardon pour tout.

Cécile hésite. N'est-ce pas ce qu'elle souhaitait entendre? Pourtant, sans un mot, elle sort de la cabane. Un long frisson secoue ses épaules quand elle sent la chaleur du soleil sur son dos. Puis, la tête haute, elle reprend le chemin de la maison.

Sans un regard derrière elle, sur ce qui a été sa vie ou pourrait l'être. Elle avance vers le champ. Mélina va préparer le pain et elle va le pétrir. Rien d'autre n'a d'importance pour le moment.

Cécile vient de comprendre que malgré l'amour, le pardon ne s'accorde pas si facilement.

Longtemps, assis sur le rebord du toit de la cabane, Jérôme regarde la silhouette qui marche vers la grande maison rouge et blanche. Cécile ne s'est pas retournée une seule fois. Jérôme se sent abandonné, inquiet comme un enfant perdu. Sans retenue ni gêne, il laisse couler de grosses larmes sur ses joues. Comme lorsqu'il s'appelait Philippe, qu'il ne savait pas trop bien qui il était et que la vie lui semblait trop difficile.

Don Paulo. Il voudrait tant que Don Paulo soit avec lui. Peut-être saurait-il expliquer? Trouver les mots qui disent la vérité et l'espoir. Parce que Jérôme, lui, ne comprend plus.

4

Don Paulo est à sa fenêtre, le regard portant vers l'ouest, aussi loin qu'il le peut. L'été s'est fait sombre et capricieux, tout comme lui. La présence de Jérôme lui manque. Cette amitié était une douceur dans le quotidien ascétique d'un monastère. L'absence et le silence de Jérôme assombrissent la saison des récoltes qu'il attend habituellement avec impatience. Cette année, l'enthousiasme qu'il mettait à rencontrer les marchands de la ville pour prendre les commandes de cidre n'est pas au rendez-vous.

— Je dois vieillir, murmure-t-il en s'arrachant à sa contemplation pour venir s'asseoir à son pupitre. La charge est lourde pour un homme seul.

Pourtant, malgré ses soixante-quinze ans, Don Paulo est toujours aussi actif et vif. Il aime les défis, les a voulus et acceptés. Mais il les aimait d'autant plus qu'il pouvait les partager avec Jérôme.

Leurs interminables discussions devant le jeu de Dames donnaient du relief à une vie somme toute uniforme. Année après année, les saisons se suivent en tous points semblables. Les fleurs au printemps, les pommes vertes en été, la récolte en automne et la cidrerie qui fonctionne à pleine capacité. Puis revient l'hiver, trop long, trop silencieux pour un Italien comme lui. Avec Jérôme, il arrivait à mettre un soupçon de piquant dans cette vie tranquille à travers leurs projets un peu fous, souvent irréalisables. Mais peu leur importait. Le plaisir d'en parler valait à lui seul les plus audacieuses réalisations. Mais voilà que depuis plus de trois mois, Jérôme est parti. Il n'a même pas écrit. Et Don Paulo en est blessé. Que Jérôme veuille mettre en veilleuse la vie qu'il a menée ici est compréhensible. Ce qu'il doit vivre au Canada, dans sa Beauce natale, doit occuper ses journées, son cœur et son esprit. Il peut facilement l'accepter. Mais leur amitié, elle? N'existe-t-elle pas encore dans quelque recoin secret de son âme? Toutes ces années à se battre ensemble, à tenter de repousser les limites de son esprit, à partager le secret de sa mémoire retrouvée, toutes ces choses qui ont façonné l'existence de Jérôme n'ont-elles plus d'importance pour lui? Oui, Don Paulo est blessé, mais surtout triste et déçu.

La cloche appelant pour le repas du soir vient de sonner. La noirceur est tombée. Machinalement, Don Paulo tend la main pour faire un peu de clarté. Il n'a pas très faim. Mais il n'a pas le choix. Son absence au réfectoire serait sûrement remarquée et il n'a pas envie de donner d'explications. Se levant lourdement, il se dirige vers la porte. Puis il s'arrête un moment, tourne la tête. Son lourd bureau se découpe dans la lumière de lecture. Son fauteuil est en biais, attendant son retour. En vis-à-vis, un autre fauteuil pour les visiteurs. Jérôme s'y assoyait. Chaque soir. Pendant des années. Au début, quand Don Paulo était arrivé comme directeur du monastère, c'était Philippe qui y prenait place. Timide, lent de pensée et de parole. Malgré cela, Don

Paulo pressentait que derrière cette façade se cachait un être entier. Patiemment, il avait aidé Philippe à se découvrir, à s'ouvrir au monde et à la vie. Puis quelque dix ans plus tard, Philippe avait disparu. Jérôme avait retrouvé la mémoire. Avec ses souvenirs, il aurait pu aussi retrouver sa vie. Pourtant, il était resté au monastère. Il avait choisi de continuer à s'appeler Philippe. Et Don Paulo avait respecté son choix et ne l'avait plus jamais appelé Jérôme. Pourtant depuis son départ, c'est ce prénom, c'est Jérôme qui s'impose à Don Paulo. L'homme qui avait quitté le monastère, au mois de juin, n'était plus tout à fait celui qu'il avait côtoyé au fil des années. Jérôme Cliche avait retrouvé la femme qu'il aimait. C'est donc que Philippe n'avait plus aucune raison d'exister. Don Paulo pousse un profond soupir. C'est probablement pour cela qu'il n'a pas donné de ses nouvelles, qu'il n'a pas écrit. Ici, c'est Philippe qui avait vécu, pleuré, espéré. Là-bas, c'est Jérôme qui vit.

Don Paulo ferme doucement la porte de son bureau. La seconde et dernière cloche annonçant le repas vient de se faire entendre. Don Paulo n'a toujours pas faim.

Pour un homme tel que lui, qui a choisi de plein gré une vie de célibat, perdre un ami de la trempe de Jérôme, c'est presque aussi douloureux qu'une peine d'amour.

* * *

Octobre s'en va. Et pour la famille de Dominique, la vie semble avoir repris un rythme normal. Geneviève adore son professeur et sa classe. Frédérik, qui vient d'avoir treize ans, est en secondaire II. Il mène de front une vie scolaire active et un entraînement intensif en athlétisme. Avec l'équipe du collège, il vise les Jeux du Québec de l'été prochain. Le cours de chacune de ses journées est réglé comme du papier à musique à la grande satisfaction de ses parents. Et François... reste finalement François. Mais Dominique, tout comme André d'ailleurs, admet que l'on finit par s'y faire. Leur fils est bien retourné au collège et a renoué avec ses anciens amis. Mais juste pour le temps des cours. À son retour, sur le coup de seize heures, il lance son sac à dos dans sa chambre et repart aussitôt rejoindre la bande du quartier. L'enfant studieux et perfectionniste semble bien avoir cédé le pas à un adolescent très affairé. Il a toujours mille et un projets devant lui, mille et une activités dont il ne parle pas vraiment. Lorsque Frédérik est arrivé, en début de semaine, avec son bulletin et que Dominique a demandé à François s'il avait reçu le sien, la réponse de son fils avait été comme d'habitude évasive.

— Le prof nous a dit qu'elle avait eu un problème familial et que la remise des bulletins se fera la semaine prochaine pour notre classe. Je... Excuse-moi, maman, mais Marco m'attend...

Dominique n'ayant eu, jusqu'à présent, aucune raison de mettre sa parole en doute, avait haussé les épaules. Elle avait donc rencontré la titulaire de Geneviève, félicité Frédérik pour ses bonnes notes et était passée à autre chose. Elle avait promis un costume de fée à Geneviève pour l'Halloween.

Confortablement installée dans le salon, son panier à couture à côté d'elle, Dominique achève de perler le costume de sa fille. La longue robe et son hennin garni de tulle en feront une merveilleuse petite fée, toute de rose et de bleu vêtue. Et caprice de l'esprit, depuis le début de la semaine, Dominique ne pense plus qu'à cette fête. Depuis l'épisode du bulletin, François ne passe plus qu'en coup de vent dans la maison, mais c'est à peine si elle y porte attention. Elle ne veut plus y porter attention. En son absence, le calme règne dans la demeure et c'est suffisant. Elle n'en peut plus de discuter avec son fils aîné pour un oui et pour un non. De toute façon, elle ne peut pas l'attacher. Les cris et les menaces n'ont plus d'emprise sur François qui mène sa vie à sa guise. Alors Dominique a choisi d'attendre. Quand elle verra son bulletin, elle saura s'il est temps d'intervenir. Sinon, à quoi bon discuter? François semble posséder un dictionnaire complet et personnel des excuses en tous genres. Excuses et raisons toutes plus valables les unes que les autres. Et si, par malheur, elle émet une objection qu'elle juge fort légitime, François se rebiffe et l'accuse de tous les péchés d'Israël. Elle ne comprend pas, elle n'est pas de son temps, elle ne lui fait jamais confiance... Alors, presque par instinct de survie, Dominique prépare l'Halloween pour Geneviève. La petite doit revenir de l'école vers seize heures et on l'attend chez Mélanie, sa meilleure amie, pour un goûter avant de partir en bande faire le tour des résidences du quartier. Pour la première fois, Geneviève va courir l'Halloween, sans adulte, et Dominique est un peu inquiète. Mais que peut-elle y faire? Au contact de François, elle a compris qu'elle doit apprendre à faire confiance à ses enfants. Chacun à sa mesure et selon ses besoins. Alors, Geneviève ira seule avec ses amis. Un gros plat de bonbons attend sur un banc à côté de la porte et une énorme citrouille fait le guet devant l'entrée de la maison. Encore quelques perles multicolores et Dominique sera prête, elle aussi, pour la fête. Elle adore recevoir à sa porte ces

petites frimousses maquillées en épouvan-
tails, en petits chaperons rouges, en
clowns, en diables et en sorcières. Sans
oublier les fées, bien entendu.

À peine le temps d'enfiler la robe magique, de mettre un peu de bleu sur les
paupières et de rouge à ses lèvres et
Geneviève est prête à repartir.

— Penses-tu que tu vas me reconnaître
quand je vais venir chercher des bonbons?
lance-t-elle autant au miroir qu'à sa mère,
en vérifiant une dernière fois si elle a l'air
d'une vraie fée.

Puis se tournant vers Dominique, la
petite ajoute, une moue sévère au coin
des lèvres:

— Pis donne-moi pas un bec comme
l'année dernière, j'ai eu l'air d'un vrai
bébé...

À peine le temps de s'émouvoir, de se
redire qu'elle a bien fait de la laisser aller
seule, puis c'est Frédérik qui entre en coup
de vent, lançant son sac à dos dans un
coin de la cuisine.

— Salut, maman. J'ai faim... T'aurais
pas un vieux bouchon de liège? Jason pis

moi on va se barbouiller la face. On a envie d'avoir un gros sac de bonbons à bon compte... T'aurais pas deux vieilles chemises blanches? Pis des gants blancs? Pis...

Une course à la cave, une visite au fond de la penderie d'André, un arrêt à la cuisine pour faire un sandwich et Dominique déniche tout ce dont Frédérik a besoin. Au moment de quitter la maison, il s'approche de sa mère et l'embrasse du bout des lèvres.

— Merci pour tout. T'es une mère super... Inquiète-toi pas pour Geneviève. Je... J'ai bien vu que ça te fatiguait de la savoir seule avec ses amis. Je vais la suivre. Elle saura même pas que c'est moi...

Et avant que Dominique ne puisse lui dire merci, touchée de la délicatesse de son fils, Frédérik éclate de rire.

— Va te laver la joue: j'ai laissé une grosse trace noire...

Puis, c'est la valse folle des monstres et des fantômes qui commence. Vers dix-sept heures trente, André se joint à elle pour répondre aux sonneries qui se répètent tous les cinq minutes. Vers vingt heures, Geneviève revient, le visage barbouillé, les yeux bouffis de sommeil. Mais surtout, pas question d'aller au lit avant de faire l'inventaire de son énorme sac. Dominique l'entend rire avec son père à l'étage. Les sonneries commencent à s'espacer. Elle prend alors conscience que François n'est pas revenu après la classe. Dès qu'André la rejoint à la cuisine où elle leur prépare un goûter, Dominique fait part de son inquiétude à son mari.

— François a-t-il appelé?

— Non. Pas que je sache. Pourquoi?

— Pas de nouvelles depuis ce matin.

André hausse les épaules. La chose ne le surprend pas. Voyant la mine tourmentée de Dominique, il lui entoure les épaules de ses deux bras.

— Faut pas s'en faire, conseille-t-il. Tu vas voir, il va nous arriver dans quelques minutes. Affamé, comme toujours.

Puis il laisse couler un petit rire.

— Au moins il y a cela de sûr avec les ados: ils reviennent toujours quand l'estomac leur rappelle de le faire. Allons,

Dominique, ne t'en fais pas pour ça. Viens... Viens manger.

Mais Dominique n'a plus faim. Depuis quelque temps, François n'est plus que l'ombre de lui-même et cette constatation sape de plus en plus l'énergie et le bon sens de sa mère. Une inquiétude latente sommeille en Dominique. Alors, en ce moment, elle grignote du bout des lèvres et sursaute quand elle entend la porte d'entrée qui claque.

— François? C'est toi?

Elle est déjà en train de se lever quand la réponse lui parvient du couloir qui mène à la cuisine.

— Non, c'est moi...

Dominique se laisse retomber sur sa chaise, tourne un regard inquiet vers André, au moment où Frédérik paraît dans l'embrasure de la porte. Sous le barbouillage noir, il a les traits tirés. Comme s'il venait de vieillir rapidement. Sans un mot, il lance son sac de bonbons sur la table, s'approche du frigo, prend une pomme, une pointe de fromage, reprend son sac et sort de la cuisine. Dominique lève un regard interloqué vers André, en faisant une drôle de moue. Puis elle lance:

— Bonsoir tout de même...

Le bruit des pas dans l'escalier s'arrête. Depuis la cuisine, André et Dominique peuvent presque sentir l'hésitation de leur fils. Les pas reprennent leur ascension, pendant que Frédérik leur annonce:

— Excusez-moi... Je... je suis fatigué. Une douche et je me couche... À demain.

Ces quelques mots sont un peu comme la goutte qui fait déborder le vase. D'un geste sec, Dominique lance sa serviette de papier sur la table et se relève en poussant sa chaise. Nerveusement, elle saisit les assiettes sales, les gratte et les empile avec grand fracas.

— Et de deux! Comme si on avait pas assez de François... As-tu vu son sac de bonbons? C'est à peine s'il est rempli... Gages-tu qu'il n'a même pas suivi Geneviève? Et il avait l'air bizarre... Un autre qui commence à nous mentir... Si j'avais su que ça ressemblait à ça, l'adolescence, je n'aurais jamais eu d'enfants. Jamais... Et dire qu'on va repasser par là avec Geneviève... J'en ai assez de ne jamais savoir où est mon fils, ce qu'il fait... Et si Frédérik est pour lui ressembler...

Tout en disputant, Dominique fait la navette entre la table et le comptoir. Puis, brusquement, sa colère tombe, aussi rapidement qu'elle était montée. Mais la tension demeure, sournoisement tapie au creux des reins. Presque une douleur physique tellement elle est intense. Dominique s'arrête devant l'évier et éclate en sanglots, fixant le noir de la nuit qui s'est emparé de la cour. Pendant un moment, André reste silencieux, sans bouger. On entend le vieil érable du voisin se lamentant dans la tourmente qui vient de se lever. Et c'est presque lugubre que de percevoir ces craquements. Un long frisson secoue les épaules d'André. Il regarde le dos de sa femme qui se soulève au rythme de ses pleurs et il a le cœur serré. Pour elle, pour lui, pour leur famille. Alors il se relève lourdement et vient jusqu'à elle. Tout doucement, il l'entoure de ses bras avant de poser sa tête contre sa joue, fixant l'opacité de la nuit à son tour.

— Je crois que tu t'inquiètes pour rien, Domi... Frédérik n'est pas François. Je... Mais je comprends ta réaction... On est un peu échaudés, non, toi et moi? Malgré tout, il ne faudrait pas devenir injuste pour cela.

Pendant quelques instants, ils restent enlacés à écouter le bruit de la tempête qui se prépare. Pourquoi la vie est-elle si compliquée parfois? Qu'ont-ils fait ou qu'ont-ils oublié de faire pour que François agisse de la sorte? Dominique se cale la nuque contre l'épaule de son mari. Elle sait qu'André est fort et droit, loyal envers sa famille. Elle sait aussi qu'il les aime tous profondément et qu'il a raison: Frédérik n'est pas François. À deux, ils devraient arriver à comprendre leur aîné. À le comprendre et à l'aider. Une grande détente se fait en elle. Cette force qui s'appelle l'amour... Puis Dominique repense à Frédérik. Elle se dégage doucement.

— Ça ne sert à rien d'espérer voir François ce soir. Nous sommes vendredi et c'est l'Halloween... Comme d'habitude, il va probablement rentrer aux petites heures du matin. S'il rentre... Monte, je te rejoins. Je... Je vais parler à Frédérik un moment, puis j'arrive.

Quand elle retrouve André, il est calé dans ses oreillers. Dans un coin de la chambre, la télévision fonctionne en sourdine. Mais plutôt que de venir rejoindre son mari, Dominique se dirige directement vers l'armoire qui leur sert un peu de débarras et sans un mot, elle fouille sur les tablettes.

— Mais qu'est-ce que tu fais là?

— Minute...

Après quelques instants, elle se retourne enfin vers lui. Un curieux mélange de colère et d'angoisse déforme ses traits.

— C'est bien ce que... André, aurais-tu vendu ta collection de timbres sans m'en parler?

André soulève un sourcil interloqué.

— Ma collection de... Non. Pourquoi?

— Je ne la trouve pas.

André éclate de rire.

— Mais qu'est-ce que c'est que cette histoire? As-tu vu l'heure? Ma collection de timbres! Elle doit être rangée ailleurs, voilà tout.

Mais Dominique n'a pas envie de prendre la situation à la légère.

— S'il te plaît, cesse de rire. C'est Frédérik qui m'a dit que...

Et sans terminer sa pensée, Dominique recommence à fouiller. Après quelques instants, elle referme la porte de l'armoire en soupirant. André ne l'a pas quittée des yeux.

— Mais vas-tu enfin me dire ce qui se passe ici?

Dominique s'approche du lit. Il n'y a plus de colère dans ses yeux. Uniquement une grande tristesse douloureuse.

— Oui, André. Oui, je vais te dire ce qui se passe ici. Mais attends-toi à recevoir une douche glacée. François, notre fils François, se drogue. C'est Frédérik qui...

Pendant de longues minutes, assise sur le bord du lit, Dominique raconte la discussion qu'elle vient d'avoir avec son plus jeune fils. Il n'a pas parlé à son arrivée tout à l'heure, parce qu'il ne savait pas s'il avait le droit de le faire. Ni comment le faire. Quand il a vu sa mère entrer dans sa chambre, il y a vu un signe du destin et il s'est jeté sur elle en pleurant. Frédérik avait peur. Il avait peur pour son frère et, en même temps, il détestait avoir à le trahir. Jamais Dominique ne l'a vu aussi bouleversé, aussi déchiré.

— ... Pendant quelque temps, il a suivi Geneviève comme il me l'avait promis. Mais en arrivant chez Marco, il a brusquement changé d'idée. Ce soir, André, c'est le party chez Marco. Les parents sont absents et toute la bande de François est là.

— Et alors? Tu n'as jamais connu de party pendant ta jeunesse? Surtout ceux quand les parents ne sont pas là? Allons donc! Ça ne veut pas dire que...

— Laisse-moi terminer...

Marco avait invité Frédérik et Jason à entrer. Jason avait décliné l'invitation mais Frédérik, apercevant son frère dans le fond du salon, avait accepté. Tout le monde buvait. De la bière, du vin ou de l'alcool mêlé à de l'eau gazeuse. François semblait d'excellente humeur.

— T'aurais dû le voir maman. Je... je ne reconnaissais pas mon frère. Il riait tout le temps. Il parlait fort. Il m'a pris par le cou et voulait absolument me présenter à tout le monde. Il disait que j'étais le sportif. Lui qui lève toujours le nez sur mes entraînements, lui qui m'expédie *subito presto* en haut quand je veux me joindre à sa bande, tout à coup il avait l'air terriblement fier de moi. Puis il m'a planté là pour suivre Marco. Comme je ne connaissais pas vraiment le monde, j'ai tourné en rond pendant quelques minutes, puis j'ai décidé de partir. C'est quand j'ai fait le tour de la maison pour dire salut à François que je l'ai vu. Il... il était dans le sous-sol avec deux ou trois amis et ils étaient en train de renifler une poudre blanche... Ça m'a fait peur. Je suis parti sans le saluer. Je... je ne crois pas qu'il m'a vu. Pis, dans le fond, je m'en fous. Pourquoi, maman? Pourquoi François fait ça? On n'a pas besoin de ça, ici. On est bien, non?

Sur le chemin du retour, il avait compris certaines choses. La semaine dernière, Frédérik avait remarqué des objets bizarres dans la chambre de son frère. Des

objets qui n'auraient jamais dû y être:
l'album de timbres de leur père, les chandeliers en argent que sa mère n'utilisait que dans les grandes occasions, la bouteille de gin qui avait mystérieusement disparu depuis quelque temps... Peut-être bien que François les avait vendus pour se procurer de l'argent?

— Qu'est-ce que t'en penses, toi?

Et devant le silence de sa mère, il avait ajouté aussitôt, comme s'il voulait s'excuser:

— Je ne fouille pas dans sa chambre. Mais l'autre jour, j'avais besoin du dictionnaire et tu connais le fouillis dans la chambre de François. C'est par hasard que j'ai vu ces choses-là sous son lit. À côté du dictionnaire, justement... Je le sais bien que j'aurais dû vous en parler tout de suite... Mais j'aurais eu l'impression de trahir François. Je me suis dit que ça ne me regardait pas et que François finirait bien par vous en parler. Aujourd'hui, je comprends que j'ai eu tort.

Dominique l'a réconforté. Elle lui a expliqué que son silence en était un d'honneur et que jamais elle ne pourrait lui en vouloir pour ça. Et que sûrement François leur donnerait une explication. Puis elle était passée par la chambre de son aîné pour constater que les objets en question n'y étaient plus et aussitôt, voulant en avoir le cœur net, elle s'était mise à fouiller dans l'armoire.

— Je ne suis même pas allée vérifier dans le buffet. C'est clair comme de l'eau de roche. De toute façon, je ne crois pas aux miracles, soupire tristement Dominique. L'explication saute aux yeux, n'est-ce pas? Et j'oserais même dire que je m'y attendais sans vouloir clairement me l'avouer. Pas toi? Ça expliquerait tellement de choses...

Sur le coup, André a envie de se relever, de s'habiller et de rapatrier son fils à la maison, *manu militari*. Puis aussitôt il se ravise. Ne serait-ce pas là une manière directe de jeter de l'huile sur le feu? Il ne sait pas. Il ne sait plus. Il est surtout très malheureux.

Longtemps, blottis l'un contre l'autre, Dominique et André écoutent le vent gémir dans les arbres de l'avenue. Ils ne parlent pas. Il n'y a rien à dire. Certains silences sont encore plus éloquents que les mots. Ils ont peur, ils ont mal. Ils aiment tellement leur fils.

Demain. Demain sera un jour nouveau et la clarté du matin se posera sur leur vie, apportant peut-être la solution. Ils s'en font sans doute pour pas grand-chose. La nuit, les gens et les choses ont souvent une dimension différente, déformée. François va sûrement tout leur expliquer. Frédérik a peut-être mal vu et l'album de timbres est ailleurs dans la maison... Il y a une explication. Il doit sûrement y avoir une explication.

François n'est pas rentré coucher. Au déjeuner, l'atmosphère est tendue. Si ce n'était de Geneviève, petit moineau insouciant, Dominique serait restée dans sa chambre. Elle n'a envie de voir personne. Son cœur bat à grands coups d'inquiétude et la tient en retrait du reste de sa famille. Curieusement, pendant qu'elle prépare des gaufres pour sa fille, elle se souvient de la parabole de la brebis perdue. La brebis qui se tient en équilibre sur le bord d'un précipice a pris la forme de François... Pourtant à son réveil, apercevant un rayon de soleil entre les persiennes, elle s'est étirée en se disant que ce serait bien d'aller tous ensemble assister à l'entraînement de Frédérik. Elle se sentait bien, toute légère. Puis le prénom de François lui a traversé l'esprit, la faisant se rouler en petite boule sous les couvertures, détruisant sa nonchalance. D'un seul coup, la soirée de la veille a envahi son esprit comme une tempête de sable s'insinuant dans les moindres recoins de sa pensée. Ses jambes étaient lourdes, lourdes... L'angoisse de la nuit a eu raison de la clarté du matin. Au grand soleil, elle a vite compris qu'il n'y a pas de solution miracle. Entendant sa plus jeune aller et venir dans la cuisine, Dominique s'est levée pour la rejoindre et faire le café.

Selon le schéma habituel, François revient presque aussitôt à la maison. Il n'est pas encore neuf heures. Il a les paupières rouges et bouffies. Ses épaules sont voûtées comme celles d'un vieillard. Dès qu'il aperçoit ses parents assis à la table, il se redresse et leur fait un large sourire.

— Salut... On a écouté un film et je me suis endormi devant... Ça... ça m'a fait plaisir de voir Frédérik, hier.

À le voir, tellement sincère, Dominique hésite. André, lui, attaque de plein front.

— Un film? Quel film?

— Oh! Je ne me rappelle plus du titre.

François éclate de rire.

— Pis comme je me suis endormi, ne me demande surtout pas de quoi il parlait... Un suspense, je crois...

Tout en parlant, François s'est approché du frigo.

— Maman, fait-il en se tournant vers Dominique, presque suppliant, avec sa voix d'enfant, est-ce que je peux prendre des œufs? Je meurs de faim. Finalement, j'ai pas soupé hier. Ça fait que...

— Bien sûr que tu n'as pas mangé, hier. Tu as bu.

La voix tranchante d'André est tombée glaciale sur la cuisine. François hésite puis se tourne vers son père.

— C'est Frédérik qui vous a dit ça? C'est vrai. J'ai un peu bu. Quelques bières... Est-ce que ça fait partie de votre liste d'interdits?

Sa répartie flotte un moment au-dessus des têtes, arrogante, agaçante, soulevant un malaise indéniable. Geneviève n'y comprend rien. Intimidée par le ton des voix, elle se laisse glisser sur le sol. Avec l'intuition propre aux enfants, elle saisit qu'elle ferait mieux de déguerpir.

— Je vais écouter la télé, lance-t-elle en se dirigeant vers le salon.

François a sorti les œufs, une poêle, le beurre, en faisant beaucoup de bruit. Pendant une longue minute, André et Dominique se regardent droit dans les yeux. Dominique hausse imperceptiblement les épaules. Elle est toujours un peu démunie au moment d'attaquer une situation de face. Les mots ne lui viennent que plus tard, quand tout est passé. Et André la connaît bien. Alors, sur un signe de tête, il se relève, vient au comptoir près de François et lui met la main sur l'épaule.

— Va t'asseoir. Je vais m'occuper de tes œufs. Tu les veux comment?

François dévore tout ce que l'on met devant lui. Rôties, jus, café, tout y passe. Comme s'il n'avait pas mangé depuis des semaines. Pendant ce temps, André retire son couvert et celui de Geneviève, les rince et les met dans le lave-vaisselle. Dominique sirote son café. Elle aussi connaît bien son mari. Alors elle attend. La musique des dessins animés les rejoint dans la cuisine, dérangeante, déplacée. «Comme dans les films», se dit curieusement Dominique. Puis alors que François essuie consciencieusement son assiette avec un bout de pain, André s'approche d'eux, se penche vers son fils en mettant les deux poings devant lui, bien d'aplomb sur la table. *Passe-Partout* vient de commencer...

— Maintenant que tu as bien bu et bien mangé, on va parler.

— Parler? Mais de quoi? Je... J'ai mal dormi, j'ai envie de me recoucher un peu.

Tout en répondant à son père, François fait mine de se relever. D'une main autoritaire, André l'oblige à se rasseoir. Le rire en clochettes de Geneviève envahit la cuisine. Mais André ne l'entend pas. Il garde les yeux vrillés sur ceux de son fils.

— Minute papillon. Si je dis qu'on parle, c'est qu'on parle. Compris?

François soutient son regard un instant. Puis en bâillant, il étire les jambes devant lui et appuie sa tête contre le dossier de la chaise en fermant les yeux.

— Envoye, *shoot*, soupire-t-il nonchalant. J'ai envie de dormir un peu avant de retourner chez Marco. Son père nous attend pour...

André doit faire un effort surhumain pour ne pas secouer son fils à la hauteur de sa colère. Il le regarde, silencieux, lève une main puis la rabaisse. Se redressant, il glisse les deux mains dans ses poches. Pour se maîtriser. Uniquement pour garder sa maîtrise. Sa voix est catégorique:

— Pour l'instant, mon gars, tu n'iras nulle part. Le père de Marco va devoir se passer de tes services pour aujourd'hui.

À ces mots, François bondit. La main d'André, rapide et toujours aussi ferme se rabat aussitôt sur son épaule le retenant à sa place.

— De quel droit te permets-tu de...

— De mon droit de père. Il est temps de faire un maître ici. On a déjà trop attendu... Où est mon album de timbres, François?

— Ton quoi?

— Ne fais pas l'innocent. Ma collection de timbres, celle que je t'ai montrée, l'hiver dernier. Avec la suite complète du jubilé de la reine. Tu sais très bien quelle est sa valeur, n'est-ce pas?

— Bien sûr que je sais, tu me l'as dit... Mais pourquoi veux-tu que je sache où...

— Parce que tu l'as prise.

— Moi? Jamais... Pourquoi est-ce que...

— Pour la vendre. Comme les chandeliers, d'ailleurs.

— Les chandeliers? Quels chandeliers? De quoi parles-tu à la fin?

Les yeux de François sont embués de larmes. Il frotte ses mains contre son jeans. Il est nerveux, presque paniqué. André se dit que la réaction est hors de mesure avec la question posée. Mais avant qu'il ne puisse intervenir à nouveau, François se tourne vers Dominique, implorant.

— Mais voyons, maman. Dis quelque chose. De quoi papa parle? Je ne...

— Il parle seulement de l'argent que tu as pu vouloir te procurer facilement pour t'acheter de la drogue.

— De la drogue? Moi? Mais c'est complètement fou.

François se lève, tremblant. Il regarde autour de lui, puis regarde ses parents à tour de rôle. De grosses larmes coulent sans retenue sur ses joues.

— Pourquoi est-ce que vous m'en voulez à ce point-là? Qu'est-ce que j'ai fait? Je vous jure que j'ai rien pris. C'est pas moi... Pourquoi ça serait pas Frédérik, hein?

Le temps de reprendre son souffle et il enchaîne de sa voix saccadée:

— Ah non, bien sûr, ce n'est pas le sportif qui aurait fait ça... Pas besoin de chercher, hein? Ça serait trop long, trop difficile. Alors on accuse François. Il a le dos large François. Et des amis qu'on n'aime pas... Pourquoi est-ce que vous ne m'aimez pas? Pourquoi toujours m'accuser, moi?

Et sans attendre de réponse, il quitte la cuisine en courant. Aussitôt après, la porte d'entrée se ferme avec fracas. Alors Dominique lève les yeux vers André. Maintenant, c'est elle qui pleure. Un doute immense lui étreint le cœur.

— Et s'il disait la vérité?

Aussi bouleversé que sa femme, André baisse les paupières un instant en rétorquant dans un souffle:

— S'il te plaît, n'embarque pas dans son jeu.

— Dans son jeu? Quel jeu? Tu as vu comme moi qu'il pleurait, non? Il me semble que...

À ces mots, André s'approche de Dominique et pose les mains sur ses épaules.

— Oui, il pleurait. Mais pour moi, ça ne veut rien dire. Il ne faut surtout pas se laisser avoir, Domi. Ce n'était probablement que de la peur. Ou la rage de se voir découvert. La collection a disparu et les chandeliers aussi. J'ai vérifié ce matin en me levant. Ils ne se sont pas envolés, Dominique. On n'a pas le droit de laisser faire. Et très très sincèrement, je ne crois pas que ce soit Frédérik qui les ait pris... Je le répète, on doit intervenir. On n'a pas le droit de le laisser faire comme ça.

Mais Dominique ne l'entend pas de la même oreille. Laisser faire... Qu'est-ce que ça veut dire laisser faire? Elle se dégage d'un geste sec.

— Et qu'est-ce que tu comptes faire, justement? Appeler la police? L'attacher dans sa chambre, le dénoncer à la DPJ...

Tout en parlant, Dominique est venue rincer sa tasse. Pendant un moment, elle regarde la cour inondée de soleil. Il fait une belle journée d'automne. Une journée pour être heureux. Elle revient face à André.

— La seule chose que je ressens, dit-elle tristement en se pointant le cœur du doigt, c'est qu'il est malheureux. François, notre fils François est profondément malheureux. Et je ne veux même pas en connaître la raison. Mais je sais une chose, par exemple. Ce n'est sûrement pas en l'attaquant comme tu l'as fait qu'on va régler le problème. Je le connais assez pour ça. De toute façon, quand on est malheureux, c'est d'amour dont on a besoin. Uniquement d'amour. Pense ce que tu voudras, mais moi je ne l'accuserai jamais. Quoi qu'il ait pu faire. M'as-tu bien entendu, André? Jamais tu ne me feras accuser un de mes enfants. Maintenant tu vas m'excuser. Je vais m'habiller chaudement pour accompagner Frédérik à son entraînement.

Et tout en quittant la cuisine, même si elle admet que son mari voit juste et que c'est probablement François qui a pris l'album et les chandeliers, Dominique sait qu'elle a raison. De toute son intuition de mère, elle sait qu'elle ne se trompe pas.

Arrivée sur le pas de la porte de sa chambre, elle hésite un instant. Instinctivement, elle aurait envie de joindre Cécile. Comme un appel vers celle qui pourrait les aider. N'est-elle pas médecin? Mais aussitôt elle hausse les épaules en soupirant. Cela fait maintenant plus d'un mois que Cécile n'a pas donné de ses nouvelles.

Ça ne servirait à rien. Cécile a d'autres chats à fouetter pour l'instant. Pourquoi l'embêter avec les problèmes de leur fils? Cécile a tout pour être heureuse: elle vient de retrouver l'amour de sa vie...

Refoulant ses larmes, elle ouvre un tiroir, saisit le premier chandail venu et revient sur ses pas jusqu'au haut de l'escalier.

— Geneviève, ma chérie... Est-ce que ça te tente de venir avec moi au collège voir l'entraînement de ton frère?

La petite lui répond avec enthousiasme, se précipitant aussitôt vers l'escalier pour la rejoindre. Dominique l'attend en souriant. Il y a aussi Geneviève et Frédérik. Il ne faut surtout pas les oublier dans la tourmente qui secoue leur vie de famille.

S'occuper le corps et l'esprit. Penser aux autres qui ne demandent rien, sinon un peu d'attention et beaucoup d'amour. Tout comme François, finalement. Surtout ne pas rester inactive. Surtout pas ça. Bouger, entreprendre, avoir des projets d'heure en heure. Il ne faut pas laisser l'esprit partir en cavale. Parce qu'alors, Dominique le jure, elle va devenir folle.

* * *

Les travaux sont presque terminés à la cabane à sucre. Un peu de peinture, quelques rafistolages à l'intérieur et tout sera prêt pour passer l'hiver en attendant la prochaine saison des sucres. Et Jérôme a bien relevé le défi. La cabane est vaste, confortable et pourra accueillir plusieurs personnes à la fois. Pourtant, Jérôme n'est pas très enthousiaste. C'est du beau travail, bien fait. Il le reconnaît et il est heureux d'y être parvenu. Mais sans plus. La petite étincelle qui avait enflammé cette idée à ses tous débuts est éteinte depuis quelques mois. Car depuis la fin de l'été, depuis ce jour où il a osé lui dire qu'il l'aimait, qu'il l'avait toujours aimée, Cécile s'est retirée du projet. Bien sûr, elle venait faire son tour à la cabane, constatait l'avancement des travaux, le complimentait, mais invariablement, au bout de quinze minutes, elle retournait à la ferme pour tenir compagnie à Mélina. Et voilà, qu'en plus, depuis deux semaines, elle n'est même pas venue le voir. Oh! Elle n'a pas vraiment changé ses habitudes. Tous les mercredis, elle l'appelle après le souper et ils jasent longuement ensemble. Mais ce n'est plus pareil. Comme si le ton était maintenant volontairement distant. Comme si maintenant Cécile avait peur de lui. Ou d'elle-même. Jérôme ne saurait le dire. C'est comme s'il y avait une cassure entre eux. Mais peut-être bien qu'elle y était avant et que c'est lui qui refusait de la voir. Est-ce pour cela que depuis deux fins de semaine, Cécile a trouvé mille et une raisons pour rester chez elle? Surplus de travail à l'hôpital, changement de saison et travaux qui s'y rattachent, Halloween... Comme si elle se cherchait des défaites. Il n'est pas idiot et il peut comprendre que le cadeau que leur fait la vie n'est pas si simple. Pendant plus de quarante ans, Cécile l'a cru mort. Elle a refait sa vie. Elle a aimé un autre homme, elle a élevé un fils, elle a une profession accaparante. Tout cela, Jérôme le comprend et l'accepte. Mais au-delà de cette réalité, que reste-t-il? N'ont-ils pas encore de belles et bonnes années devant eux? N'ont-ils pas le droit d'espérer? N'a-t-il pas, lui, Jérôme Cliche, le droit d'essayer de reconquérir son cœur?

Comment lui dire tout cela sans l'effaroucher davantage? Jérôme ne sait plus que dire ou que faire. Lui aussi il a peur. Peur de se tromper, de la blesser, de tout rater...

Pendant qu'il travaille, c'est tout cela qu'il ressasse. Et quand le tourbillon de ses pensées et de toutes ces questions sans réponse menace de l'engloutir, il se tourne spontanément vers la France. C'est sa planche de salut, son exutoire. Il essaie d'imaginer Don Paulo dans le verger. Il entend leurs discussions, se souvient des chiffres et des calculs qu'ils faisaient, se revoit en train de cueillir de belles grosses pommes rouges et l'odeur du cidre frais lui monte presque à la tête. Début novembre, c'est le temps des livraisons pour le temps des Fêtes qui approche. Don Paulo a-t-il changé le vieux camion poussif comme ils s'étaient promis de le faire l'an dernier? Les marchands de Caen ont-ils cherché à savoir ce qu'était devenu l'étranger de la guerre qui l'accompagnait habituellement? Y a-t-il quelqu'un qui pense encore à Philippe?

Lui, Jérôme, il ne pourra jamais l'oublier...

À plusieurs reprises, il a écrit à Don Paulo. Immanquablement, le papier se retrouvait à la corbeille. Il n'arrive pas à exprimer tout ce qu'il ressent. Un homme comme Don Paulo pourrait-il comprendre ce que c'est qu'une peine d'amour? Pourrait-il comprendre que Jérôme s'ennuie du monastère, de sa vie calme et constante, malgré l'amour sincère et envahissant qu'il ressent pour Cécile? De toute façon, Jérôme aimerait lui envoyer de bonnes nouvelles. Pas des lamentations, des amertumes ou des regrets. Il n'arriverait jamais à taire sa tristesse à son ami. Ce serait mentir que de l'évacuer. Et Jérôme n'a jamais menti à Don Paulo. La présence du directeur lui manque. Tout comme ce qui a été toute sa vie, finalement. On ne peut tourner la page, à soixante ans passé, comme si rien n'avait existé avant. Jérôme sait trop bien ce que signifie ne rien avoir derrière soi. Alors ses souvenirs sont très importants. La majeure partie de son existence, il l'a vécue dans un monastère. Ici, il y a bien Mélina et Paul, le frère de Cécile qu'il revoit à l'occasion. Mais cela ne lui suffit pas. On ne peut refaire une vie. On peut simplement accepter qu'elle soit différente. Ce qui est derrière soi ne s'effacera jamais. La vie de Jérôme a été faite d'enfance heureuse, de décisions difficiles, d'absence de mémoire et de choix. Il ne pourra jamais le renier. Et il n'aurait pas raison de le faire. Il est ce qu'il est. Sans prétention, sans fausse pudeur. Il pensait que Cécile saurait l'accepter tout comme Don Paulo l'avait compris. Mais ce n'est pas aussi simple. De plus en plus souvent, il pense à son ami de France. Tous les deux, assis dans la pénombre du grand bureau, ils sauraient en parler. Tenter de comprendre, d'expliquer. Don Paulo a toujours pris le temps d'écouter Jérôme. Et Jérôme prenait du temps pour lui. C'est probablement pour cela que les deux hommes s'entendaient si bien. Et aujourd'hui, devant l'incertitude, Jérôme oserait dire qu'à défaut d'un grand amour, il pourrait profiter d'une amitié solide. De celles qui prennent une vie à se bâtir et qui se moquent des intempéries. Mais voilà! Cette amitié-là, c'est en France qu'elle existe et c'est là, près d'une plage de Normandie qu'elle est restée.

Jérôme vient de terminer la peinture. Le dernier pot est refermé, les pinceaux ont pris le chemin de la poubelle. Reculant jusqu'à la porte, il examine la grande salle d'un œil critique. Puis il fait un large sourire. L'ensemble lui plaît bien. Les murs sont beiges et les boiseries bleu nuit. La pièce n'a plus rien à voir avec la petite cabane sombre et poussiéreuse de son enfance. Vaste et claire, la salle est confortable. Avec son cousin Paul-André, il a déniché deux anciennes tables de réfectoire, dans un encan au village voisin, et ils ont réussi, en riant comme deux gamins, à les amener jusque-là, à l'aide du tracteur et d'une remorque. Elles trônent royalement dans le centre de la cabane, bien astiquées, couleur de miel doré. Dans le fond, contre le mur de pierre, l'évaporateur est resté le même. Il n'est pas très gros, mais les ambitions de Jérôme sont limitées en matière de sirop: de quoi fournir les parents, les amis. Il tient à ce que le temps des sucres reste un moment de détente dans l'année. Pas une corvée. Vérifiant une dernière fois si les fenêtres sont bien fermées, Jérôme s'apprête à retourner à la ferme. Quand il reviendra ici, l'hiver commencera à donner des signes d'essoufflement sous le soleil qui aura enfin gagné en hardiesse. En plaçant le cadenas sur la porte, Jérôme n'ose se demander s'il y viendra seul. Le temps, il n'y a que le temps qui puisse répondre à cela. Et malgré une certaine crainte, il a envie de croire que rien n'est perdu. Il a envie de faire confiance au temps, à la vie, à tout ce qui a déjà existé entre lui et Cécile.

Mélina l'attend à la fenêtre, lui faisant de grands signes du bras, quelque chose à la main. Le temps s'est couvert et de lourds nuages gris roulent au-dessus de la tête de Jérôme. Un vent sournois s'engouffre sous sa veste de chasseur, le faisant frissonner. Il lève la tête et du doigt, il montre le ciel à sa mère, les sourcils froncés. La pluie ne devrait pas tarder. Puis d'un pas de plus en plus certain, Jérôme se hâte de monter l'escalier et d'ouvrir la porte.

— Enfin te v'là! Regarde c'qui est arrivé pour toi, t'à l'heure.

Mélina l'attendait avec impatience. Elle tient une enveloppe bleue, de celle que l'on utilise pour les envois par avion.

— Regarde, Jérôme! Ça vient de France.

Dans sa voix, il y a une teinte de respect. Pour une femme telle Mélina, pour qui Québec est déjà le bout du monde, la France lui semble appartenir à une autre planète. Elle tend le papier à son fils, impressionnée, les yeux pétillants de curiosité. Jérôme regarde l'enveloppe, fait un sourire en coin en reconnaissant l'écriture de Don Paulo puis glisse la lettre au fond de la poche de son pantalon. Mélina le regarde une moue de déception sur le visage.

— Tu la lis pas?

Il lui semble impossible de recevoir une lettre de si loin et de ne pas vouloir la lire immédiatement. Alors, elle insiste.

— C'est peut-être important... Tu devrais la...

Mais Jérôme n'a pas l'intention de céder.

— Plus tard, maman. Je... j'ai faim. Qu'est-ce qu'on mange? Je peux t'aider?

Jérôme n'ouvrira pas l'enveloppe tout de suite. Il veut être seul quand il retrouvera Don Paulo. Mélina n'insistera plus. Quand Jérôme dit quelque chose, il change rarement d'avis. Ravalant sa déception, la vieille femme trottine vers le poêle.

— On mange du ragoût. Avec un temps pareil, j'ai eu envie d'un bon repas consistant. Ça sent l'hiver.

Sur ces mots, percevant très clairement le désappointement dans le ton de sa mère, et n'aimant pas lui faire de peine, Jérôme s'approche et se penche pour l'embrasser sur la joue.

— Et ici, ça sent bon... Demain... demain au déjeuner je te parlerai des nouvelles que j'ai reçues de France. C'est le directeur du monastère qui m'écrit.

Alors Mélina lève les yeux, lui rend son sourire. Elle a tellement confiance en lui, en son jugement.

— C'est ben beau comme ça...

Puis elle revient face à ses fourneaux.

— On mange astheure? Y reste juste à mettre la table... pis à sortir le vin, comme de raison, ajoute-t-elle malicieuse.

Don Paulo lui a fait parvenir quatre longues et bonnes pages d'une lettre qui relate la vie récente au monastère. Jérôme ne se lasse pas de la lire et de la relire, ému. Il revoit les murs de pierre du vieux monastère, il entend les oiseaux qui se poursuivent dans le verger, il se promène le long des allées fleuries qui changent de couleur avec les saisons. Comment a-t-il pu croire un seul instant que tout cela n'aurait désormais plus d'importance pour lui? Allons donc! C'est presque toute sa vie qui se dessine sur l'écran de sa mémoire. Une grande nostalgie lui étreint le cœur.

Et cette même nostalgie doit se percevoir dans sa voix quand il reprend quelques passages de la lettre pour les lire à

Mélina. Confortablement installée dans sa berceuse, près de la fenêtre, elle regarde la pluie qui dégouline en rigoles rapides sur la vitre, se gardant bien d'interrompre Jérôme. À travers les mots, elle entend aussi la tristesse qui s'enroule autour d'eux. C'est pourquoi, quand son fils se tait, elle reste un moment silencieuse. Puis elle se tourne vers lui.

— Alors, ça ressemblait à ça, ta vie là-bas?

— Oui, à peu près...

— Eh bien ça devait être une belle vie, mon fils. Les pommiers, le bon Dieu, la nature... Oui, une ben belle vie...

Puis elle se tait. On n'entend plus que la pluie qui tombe sur le toit de tôle de la galerie et le vent qui gronde dans la cheminée. Pendant quelques instants, Mélina s'amuse de la course des gouttes de pluie sur la vitre. Elle ajoute doucement:

— Est-ce que t'aimerais ça y retourner?

C'est au tour de Jérôme de rester silencieux. La question de sa mère le laisse pensif, décontenancé pendant un moment.

Comment arrive-t-elle à le percer tou-jours aussi facilement? C'est comme s'il avait dix ans et venait de faire un mau-vais coup. Il dessine un sourire un peu las, exactement comme un sourire d'en-fant gêné.

— Je ne vivrais plus là-bas. Je... je suis heureux ici. C'est chez moi. Mais j'aime-rais bien revoir Don Paulo.

Puis avec de la fougue dans la voix, il reprend:

— Oui, j'aimerais tellement revoir Don Paulo.

— Alors qu'est-ce que t'attends?

En prononçant ces derniers mots, Mélina s'est retournée vers Jérôme, son re-gard vif le fouillant jusqu'au fond du cœur.

— Mon gars, quand on a envie de faire quelque chose dans la vie, faut surtout pas attendre que les autres agissent à notre place. Tu penses que je me suis pas aperçue que tu filais un mauvais coton depuis le début de l'automne? Pis que Cécile y est pour de quoi? Ben voyons donc! Chus vieille mais pas aveugle. Pis j'ai encore toute ma tête. Pars. Va faire un tour en

France. Quand tu vas revenir, les choses vont être différentes. Rien de mieux qu'un peu de recul pour comprendre sa vie. Pour se comprendre. Pis ça, ça vaut autant pour toi que pour Cécile.

Et le voyant toujours hésitant, elle claque de la langue avec impatience. Comme lorsqu'il était enfant et se montrait boudeur.

— Arrête de barboter comme un p'tit gars qui sait pas c'qui veut. Parce que dans l'fond, tu l'sais ben c'que tu veux. Pis avec la pension que tu reçois de l'armée, t'as toute c'qui faut pour te payer c'te voyage-là.

Jérôme s'est approché de sa mère. En grimaçant, il arrive à s'asseoir à ses pieds. Brusquement, il aimerait avoir à nouveau dix ans. Impulsivement, il pose la tête sur les genoux de Mélina. Tendrement, profondément émue, elle vient caresser la tête bouclée, aussi sombre à travers les mèches grises que celle de son défunt mari, Gabriel.

— Fais comme j'te dis. Ça m'arrive d'avoir raison, tu sais. Pis crains pas pour moi. J'viens de t'le dire, chus peut-être vieille mais chus encore solide. M'en vas être là quand tu vas rappliquer chez nous. Tu vas voir, Jérôme. On va se faire un beau Noël. Le plus beau de toute ma vie parce que mes deux enfants vont être avec moi.

5

L'avion commence à perdre de l'altitude. Par le hublot, Jérôme contemple la campagne clairsemée qui entoure la ville de Paris. Puis le dessin des quelques rues aperçues s'estompe derrière l'avion qui se dirige vers l'aéroport. La verdure de quelques parcs contrastant avec la grisaille des arbres dépouillés se rapproche rapidement. Le plafond nuageux est bas et aux contrecoups ressentis dans l'avion, Jérôme conclut que le temps est venteux. Mais il garde tout de même son sourire un peu furtif. Tout à l'heure, Jérôme reviendra vers Paris. Il a choisi de commencer son séjour en France par une petite semaine de tourisme. Hormis sa mère et Cécile, personne ne sait qu'il est ici. Il n'a pas prévenu Don Paulo, préférant lui faire la surprise. Le voyant lumineux annonçant l'atterrissage l'arrache à sa contemplation. Jérôme n'aurait pu imaginer qu'il se sentirait aussi bien d'être seul. Pas maintenant, pas après avoir vécu tout ce qu'il a vécu depuis quelques mois. Pourtant, en ce moment, il n'y a que cela qui lui monte à la tête comme un bon vin. Pour les quelques jours à venir, il n'y aura que lui à contenter. Seul avec ses souvenirs, ses choix et ses aspirations. Être seul avec lui-même, sans horaire, sans contrainte. C'est la première fois de sa vie que cela lui arrive.

Il avait réservé une chambre dans une petite pension près de Montmartre, simplement séduit par le nom: Pension Hirondelle, près de la rue Joseph-de-Maistre. Le temps de passer les douanes, de repérer la navette qui le conduira au RER afin de gagner le centre de la ville et déjà Jérôme se sent chez lui, même s'il n'est jamais venu à Paris. À vrai dire, aussitôt arrivé devant le douanier, il s'est senti chez lui. Le parler chantant des gens, les expressions employées... C'est un peu comme s'il rentrait à la maison une deuxième fois. En sortant du RER, sans hésitation, après avoir étudié un plan de la ville, Jérôme prend le métro pour se rendre à la station Lamarck-Caulaincourt. Puis de là, il a gagné son hôtel à pied...

Accoudé à la fenêtre, il regarde les passants s'agiter sous ses yeux et il sourit à cet accent qui courtise familièrement son oreille. Pendant quelques instants, il s'amuse à écouter les bruits de la ville. Puis, il se redresse et referme le battant de la fenêtre. Il lui tarde de se joindre à la foule, de s'y mêler, de s'y confondre, de s'y perdre. Attrapant un chandail, il s'élance vers l'escalier. Curieusement, depuis quelque temps, sa jambe n'est plus aussi raide et ne le fait aucunement souffrir. Probablement que le travail imposé pendant l'été a fait office de thérapie. C'est en sifflotant un air entendu à bord de l'avion qu'il sort enfin de la pension.

Pendant plus d'une heure, Jérôme se promène nonchalamment dans le quartier, essayant de se créer des repères. Le nom des rues lui chante à l'oreille: Lepic, Durantin, des Abbesses... Il inspire profondément, n'a pas assez de ses deux yeux pour tout regarder. Pourtant, l'air est frisquet et les gens marchent à petits pas pressés, les cols relevés contre le visage, s'ignorant les uns les autres. Il n'y a que Jérôme pour allonger la marche et prendre son temps comme aux belles journées de juillet. Il reste même insensible à l'humidité froide qui se glisse sous son chandail et il sourit à tous ceux qui le bousculent au passage. Parce que, en ce moment, Jérôme est heureux. Parce que, en ce moment, et peut-être pour la première fois de sa vie, Philippe et Jérôme cohabitent en harmonie. Curieusement, il ressent les mêmes émotions que celles qui l'avaient assailli lorsqu'il avait marché le long du champ de maïs, en Beauce, au lendemain de son arrivée dans la grande maison blanche et rouge. Du plus profond de son âme, comme une grande attente soudainement comblée, il se savait enfin de retour. Et voilà que maintenant, par intuition, il sait qu'ici aussi, il est de retour...

Prenant à sa droite, Jérôme traverse le carrefour. Le monastère et la grande maison de son enfance, le sourire de Don Paulo et celui de sa mère, les hésitations de Cécile et ses aspirations personnelles et profondes l'escortent depuis un bon moment déjà. En lui, les souvenirs et les désirs s'accouplent et se complètent. Sans brusquerie ni déchirement. Il a l'impression d'être un grand fleuve tranquille qui suit le cours prévisible des berges qui l'accompagnent. Jamais il n'a été aussi en paix avec lui-même. C'est avec l'image de sa cabane à sucre qu'il pousse finalement la porte d'un petit café. Aujourd'hui, maintenant, il ressent une immense fierté pour ce projet mené à terme. Brusquement, il a envie d'un bon verre de rouge pour fêter l'événement...

* * *

N'y tenant plus, Dominique s'est finalement décidée à venir dans la chambre de François. À son corps défendant, l'inquiétude l'emportant sur ses scrupules. Elle a l'impression d'être une voleuse: cœur battant et oreilles aux aguets, elle finit l'inventaire de l'amoncellement de papiers qui encombrent le pupitre et le plancher de la chambre de son fils. Pourtant, elle s'était bien promis de ne jamais faire ce qu'elle est en train de faire. Pour elle, et Dieu sait si Dominique ne se gêne pas pour le dire et le répéter à toute la famille, la chambre de chacun est un lieu sacré.

Mais avait-elle le choix?

La sonnerie stridente du téléphone la fait sursauter au moment précis où elle extirpe d'une pile de papiers brouillons, le fameux bulletin, toujours supposément en retard, selon François. Y jetant un coup d'œil distrait, Dominique s'élance vers sa chambre pour répondre. C'est le père Gervais, le directeur du collège. Il veut rencontrer les parents de François dans les plus brefs délais. Tout de suite, si possible. Quelques mots, une promesse faite en fronçant les sourcils puis Dominique raccroche. Pour aussitôt composer un autre numéro, tout en dépliant complètement la grande feuille qui tient lieu de bulletin. Mis au courant de la situation en quelques phrases, André n'hésite pas. Il lui donne rendez-vous à la porte centrale du collège, dans vingt minutes.

— ... et tu devrais voir son bulletin, ajoute Dominique en analysant les notes qui s'étalent sous ses yeux, juste avant de raccrocher. Je comprends maintenant pourquoi François ne voulait pas nous le montrer. Un vrai torchon... C'est probablement pour cette raison que le directeur tient à nous rencontrer...

Devant la porte du collège, avant même de lui dire bonjour, Dominique tend la feuille à André. Tout au long de la route, à la fois fâchée et déçue, Dominique sait pourquoi le directeur les a convoqués. Les notes de François ont chuté de façon dramatique. Les différentes appréciations des professeurs se résument à quelques phrases laconiques d'une rigueur et d'une constance absolues: manque d'étude, manque d'intérêt, indiscipline... Un bref regard sur le grand papier bleu et André lève les yeux vers elle.

— Pas besoin de nous faire un dessin, n'est-ce pas? lance-t-il en soupirant, rejoignant ainsi les pensées sombres de Dominique. Je sais déjà ce que le père Gervais va nous dire...

Dès que le directeur les aperçoit dans l'embrasure de sa porte, il se lève pour venir à leur rencontre. C'est un homme plutôt petit, à la chevelure blanche et clairsemée, à la main molle. Mais à voir son empressement, Dominique serait prête à jurer qu'il n'avait rien de mieux à faire, en ce sombre après-midi d'automne, que d'attendre les parents de François. André, lui, remarque la ride profonde qui strie le front de l'homme entre deux âges lui tendant la main.

— Entrez. Assoyez-vous. Un coup de téléphone à donner et nous sommes à vous...

Quelques instants plus tard, c'est le préfet de discipline qui se joint à eux. Dominique fronce les sourcils, immédiatement sur la défensive. Que fait cet homme dans cette pièce? N'est-on pas ici pour discuter des notes de François?

Elle a vite compris que le bulletin n'était pas vraiment le sujet de cette rencontre. À peine un élément dans la discussion. Et finalement, le mot discussion n'est pas tout à fait approprié, lui non plus. Dès son entrée dans le bureau du directeur, le père Côté, véritable armoire à glace, au regard d'aigle et à la chevelure de corbeau, antipode du directeur et préfet de discipline au collège, prend les devants. Un signe de tête poli en direction des parents, un regard soutenu pour son confrère, puis il se poste près de la fenêtre, par où, de temps à autre, il jette un regard sur la cour. Le ton qu'il emploie est sévère. Quand il prononce le nom de François, on peut presque percevoir une teinte de dédain dans sa voix. Il est bref, incisif. L'enquête est terminée, le jugement rendu et le verdict tombé.

— ... et vous savez, les notes de François sont à l'image de tout le reste. Et encore, s'il n'y avait eu que cela. Malheureusement, comme je viens de vous le dire, le comportement de votre fils est tout à fait contraire à tout ce que nous essayons d'inculquer aux jeunes qui nous sont confiés. Je regrette mais nous ne pourrons garder François chez nous plus longtemps. Je le répète: il a consommé et vendu des produits illicites à l'intérieur de nos murs. L'offense est majeure et par respect pour tous les jeunes qui fréquentent notre institution, de même que pour leurs parents, nous ne pouvons tolérer cette attitude. J'espère que...

— Mais en êtes-vous certains?

C'est un appel du cœur que Dominique a lancé. Comme si elle était à la fois coupable et juge. À son cri, elle a senti une pression de la main d'André sur la sienne. Mais peu lui importe. Que son mari préfère se taire, c'est son droit. Mais elle, Dominique, ne laissera pas dire toutes ces choses sans intervenir. C'est de son fils dont on parle ici. Et quels que soient ses torts, elle est prête à jouer les avocats du diable s'il le faut. Il doit y avoir des raisons, des justifications. Mais le père Côté est à des lieux de telles considérations. Lui, c'est tout un collège qui dépend de ses choix et de ses décisions. On lui a confié des centaines de jeunes et il entend mener sa troupe à bon port. Sa réponse fuse comme s'il était personnellement accusé d'une quelconque négligence.

— Pensez-vous sincèrement que je lancerais, que nous lancerions, précise-t-il en jetant un coup d'œil au directeur, une telle accusation à tort et à travers? Malgré tout le respect que je vous dois, et peut-être à cause de ce même respect, je crois qu'il est grand temps d'aider votre fils. Il a des problèmes, madame. De sérieux problèmes. Le François que nous avons retrouvé en septembre n'a rien à voir avec celui qui nous a quittés en juin dernier...

Dominique ne dit rien. Il a raison et elle le sait. Elle se tait. Elle tourne le regard vers André qui reste de marbre sur sa chaise. Elle sait qu'il a mal. Qu'il a très mal. Quand il fait ce visage impassible et dur, c'est qu'il cache une peine profonde. À son tour, elle fait une légère pression sur sa main. Pour qu'il sache le soutien, la présence. Elle lève ensuite la tête vers le préfet. Pendant quelques instants, leurs regards se croisent. Puis le père Côté hausse imperceptiblement les épaules en se retournant brièvement vers la fenêtre. Dans la cour, le groupe des plus jeunes prend sa récréation. Il préférerait nettement se joindre à cette bande criante et agitée que d'avoir à parler aux parents de François. Ce n'est jamais agréable d'agir ainsi. Mais il n'a pas le choix. Pourtant, il sait que les parents assis devant lui sont de bons parents. De braves gens, dépassés par les événements. Des parents qui aiment leur fils et ne peuvent imaginer que ce dernier soit un tricheur, un menteur. Et Dieu sait si... Pendant un moment le père Côté hésite. Puis il soupire en revenant face à Dominique. Elle ne l'a pas quitté des yeux. Dans son regard, il croit percevoir un appel à l'aide. Et beaucoup d'amour... Alors il choisit de ne pas tout dire. Ils n'ont pas besoin de savoir que François a essayé le chantage, qu'il a parlé prostitution et suicide quand il a compris que la direction du collège préviendrait ses parents. Non, le père Côté ne leur dira pas toutes ces choses, parce que finalement François est lui aussi une victime. C'est avec un petit sourire adoucissant la sévérité de ses propos qu'il reprend enfin.

— Je sais que tout ce que je viens de vous dire n'est pas facile à entendre. Mais je n'avais pas vraiment le choix. Je n'ai pas envie de lancer la pierre à qui que ce soit, mais en même temps je me dois d'agir. Et croyez-le bien, c'est dans l'intérêt de François que je le fais. Oui, c'est pour lui d'abord et avant tout que je vous parle. Considérant que vous avez un autre fils chez nous et qu'il est à tous niveaux irréprochable, je ne ferai pas d'esclandre avec la situation. Nous en avons discuté longuement, le père Gervais et moi, et nous ne porterons pas plainte contre lui. Pourtant, nous en avions le droit. Et peut-être aussi le devoir. Mais dans de telles situations, le jugement doit avoir priorité et je ne suis pas particulièrement friand des méthodes fortes. François n'a pas besoin d'être cassé, il a besoin d'être aidé. Par contre, pour vous comme pour lui, j'ai appelé la DPJ.

— Mais pourquoi?

Dominique est bouleversée.

— Rassurez-vous. Les gens de la DPJ travaillent pour les jeunes. Le nom le dit: protection de la jeunesse. Je suis certain qu'ils sauront vous indiquer la voie à suivre avec François... Vous savez, ce n'est pas le premier à qui cela arrive et il ne sera pas le dernier non plus... Même si je sais que de connaître une telle chose ne pourra diminuer votre peine et n'enlève rien à la responsabilité que vous avez face à lui. Nous nous connaissons depuis quelques années et je sais qu'avec vous et avec de l'aide, François finira bien par trouver les solutions. Ce n'est pas un mauvais garçon.

André a l'impression d'être dans un rêve. Un mauvais rêve. À son tour, il se sent coupable. Il aurait dû agir avant. Bien avant. Et de savoir que son fils est rejeté par l'école qu'il voyait justement comme une porte de sortie lui donne le vertige. Alors il tente le tout pour le tout, même s'il n'est pas homme à ramper devant qui que ce soit.

— Vous venez de le dire: François n'est pas un mauvais garçon... Peut-être que... Enfin, si nous vous promettons de bien l'encadrer, peut-être que vous pourriez revenir sur...

Le père Côté ne le laisse même pas terminer. Comme s'il avait hâte d'en finir avec eux. Le ton est cassant.

— Non. Je regrette. Notre décision est irrévocable.

Puis osant un sourire, il poursuit, un soupçon de miel dans la voix.

— Comprenez-moi bien. Ce n'est pas que nous lancions la serviette, mais c'est simplement que nous avons aussi d'autres responsabilités. Tous ces jeunes, fait-il avec emphase en montrant la fenêtre où une centaine de garçons en rangs attendent leur tour pour entrer dans l'école, et leurs parents. Non, nous ne pouvons pas... Mais vous ne serez pas seuls. À la DPJ, on m'a promis que vous auriez un appel dès demain matin. On m'a dit que vous seriez convoqués avec votre fils le plus rapidement possible... Maintenant nous allons appeler François pour lui faire part de notre décision et ensuite vous l'aiderez à récupérer ses affaires. Malheureusement, et je suis sincère quand je dis malheureusement, le nom de François ne fait désormais plus partie de la liste de nos élèves...

À ces mots, André lève la tête vers le préfet et soutient son regard. Un regard hautain, impassible. Le regard de qui vient de s'en laver les mains et ne veut surtout pas de bruit autour de la situation... Brusquement, l'air détaché et condescendant du père Côté lui donne presque la nausée. Les apparences... C'est évident que cet homme veut sauver les apparences et étouffer toute l'histoire. Finalement, tout bien considéré, c'est peut-être un mal pour un bien que François quitte cet endroit. C'est un fragile son fils, un être facilement influençable. La preuve en est faite. Alors André n'est plus du tout certain qu'il était au bon endroit... Il se relève en jetant un regard à Dominique. Puis appuyant ses deux poings sur le bureau du directeur, il articule froidement, ignorant volontairement le père Côté:

— Nous allons respecter votre volonté, mon père. Mais comme on vient de nous le dire, mon fils ne fait désormais plus partie de la liste de vos élèves. Alors vous n'avez plus aucun droit sur lui. Faites-le appeler, mais ma femme et moi nous allons l'attendre dans le corridor. Je crois qu'il n'a pas besoin de l'humiliation d'une rencontre dans votre bureau. Les gestes faits et les décisions que vous avez prises parlent d'eux-mêmes.

* * *

Quand Cécile avait appris que Jérôme avait décidé de partir pour la France, elle était restée sans voix pour un moment. Elle était chez elle, un peu grippée, et devant la maussaderie du temps, elle avait espéré que Jérôme soit chez lui, en plein milieu de l'après-midi et elle l'avait appelé. Elle avait envie d'entendre sa voix, de lui parler. Pendant un moment, la conversation avait été agréable. Jérôme semblait de très bonne humeur. Il lui avait fait part de ses intentions. Quelques instants de silence avaient posé un petit malaise entre la Beauce et Québec, puis Cécile avait fait un effort terrible pour donner un semblant d'enthousiasme à sa réponse.

— En France? Pour revoir le monastère? Mais c'est une bonne idée, ça... Tu dois sûrement t'ennuyer beaucoup après toutes ces années à vivre là-bas...

Elle avait raccroché vivement avant d'éclater en sanglots. Mais qu'avait-elle donc pour se sentir blessée à ce point? Jérôme était libre de ses allées et venues, non? De toute façon, ne voulait-elle pas mettre un peu de distance entre Jérôme et elle? Cette décision ne venait-elle pas justement appuyer ses propres choix? Pourtant Cécile n'entendait que la douleur qui lui faisait battre le cœur trop vite.

La douleur et la peur...

Comme une automate, elle s'était levée pour venir à la fenêtre de son salon. Le ciel lourd, gris de pluie et de vent, limitait la portée du regard. Pourtant, malgré cela, Cécile était restée longtemps à fixer l'horizon bouché, vers l'est. Là où elle savait que le fleuve bifurque avant d'avaler l'île d'Orléans pour ensuite s'élancer et courir vers la mer.

Instinctivement, dès le départ de Jérôme la semaine suivante, elle s'est jetée à corps perdu dans le travail. Elle remplace tous ceux qui veulent prendre une journée de congé. Elle a demandé d'augmenter ses heures de présence à la clinique externe et, sans y être obligée, elle se fait un devoir d'aller visiter tous ceux qu'elle a vus au cours de la journée et qui sont finalement hospitalisés. Ainsi, chacun des jours qui se suivent commence tôt le matin et ne se termine que tard le soir. Et c'est exactement ce qu'elle veut. Quand elle tombe dans son lit, épuisée, c'est à peine si elle a le temps de penser. Un sommeil lourd de fatigue s'empare aussitôt de son esprit et au saut du lit, le lendemain, elle se précipite sous la douche en planifiant la journée à venir.

Cela fait trois semaines qu'elle mène sa vie à ce train d'enfer. Quand Gérard l'appelle, à la fin de novembre, afin de l'inviter à venir passer quelques jours au chalet, c'est à peine s'il reconnaît la voix de sa sœur.

— Mais qu'essé qui s'passe, pour l'amour? T'as-tu la grippe, coudon?

Puis sans transition, il ordonne:

— Toi, t'as besoin de vacances. C'est clair comme le nez au milieu d'la face.

Tu t'en viens chez nous, demain, pis on part pour le chalet.

Cécile ne peut s'empêcher de sourire devant la voix impérative de son frère. Pauvre Gérard! Il ne se doute de rien. Comme si Cécile pouvait disposer de son temps à sa guise... N'empêche que son invitation est tentante comme une promesse. Alors elle s'empresse de lui répondre, la voix un peu plus ferme.

— Bonne idée, Gérard. Mais pas demain par exemple. À la fin de la semaine. Je ne peux pas quitter l'hôpital comme un...

— Peux pas quitter, peux pas quitter... Maudit système de fou, constate Gérard en l'interrompant. T'es docteur, sacrifice, pis tu peux même pas faire c'que tu veux... Enfin... C'est toi qui l'sais... On t'attend vendredi pour souper.

Cécile raccroche en riant. Juste à entendre le son de la voix de Gérard et elle se sent toute ragaillardie. Elle qui évite systématiquement de rencontrer Dominique et Mélina, justement parce qu'elle n'a pas envie de leur parler de ses états d'âme, ne s'y retrouvant plus elle-même, brusquement, il lui tarde de jaser avec Gérard. Puis elle attrape son manteau avant de se précipiter vers l'ascenseur qui conduit au stationnement. Peut-être bien que c'est parce que la voix de son frère a la même tonalité que celle de sa conscience...

Il ne reste plus qu'à boucler sa valise, porter Gudule chez la voisine et Cécile sera prête à partir. Enfin! Elle qui déteste voir son horaire bousculé, elle a dû rester deux heures de plus à l'hôpital... C'est à cet instant, alors qu'elle se dirige vers le salon pour chercher la cage de son oiseau, que le téléphone se met à sonner. Avec insistance, lui semble-t-il. Elle hésite un instant puis hausse les épaules. Le répondeur va s'en occuper. De toute façon, si elle était partie à l'heure prévue, elle serait déjà loin d'ici. Alors... Empoignant la cage, elle se dirige vers l'entrée. À son retour de chez la voisine, le téléphone se remet à sonner. À nouveau, elle l'ignore. Mais alors qu'elle revient de sa chambre, sa valise à la main, elle entend la voix de Dominique qui laisse un message. Et cette voix a quelque chose de troublant. Comme une retenue anxieuse. «Cécile, c'est moi, Dominique. Nous sommes vendredi en fin d'après-midi. Peux-tu me rappeler le plus vite possible. Merci.» Pourtant le message est banal. Cécile s'arrête un instant face au téléphone puis continue vers l'entrée. La main sur la poignée, prête à partir, elle s'arrête pour de bon, pensive. La voix de sa fille était différente. Et habituellement, Dominique ne laisse jamais de message sur son répondeur. Elle déteste cela. C'est un peu pour cette raison que Cécile hésite, soupire, revient sur ses pas, hésite à nouveau.

— Bon, sa voix est différente, murmure-t-elle. Et après?

Ça fait plusieurs semaines qu'elles ne se sont pas parlé. Probablement que Dominique est inquiète. Voilà tout. Ça explique aussi le fait qu'elle se soit décidée à laisser un message. Pendant un instant Cécile est tentée de la rassurer, se reprochant de ne pas l'avoir contactée plus tôt. Elle qui a reproché son silence à Jérôme, elle ne vaut guère mieux. Puis elle renonce. Cet appel risque d'être long et il commence à se faire tard. D'un pas décidé, elle franchit le seuil de sa porte, se promettant de l'appeler dès son retour le dimanche soir... et de ne plus jamais rester si longtemps sans la voir ou l'appeler. La présence de sa fille lui manque.

Une heure plus tard, alors que Cécile arrive dans la région de Trois-Rivières, Dominique laisse un autre message à l'appartement. «Cécile, c'est encore moi... Je voulais te dire que tu peux me rappeler à n'importe quelle heure. C'est... c'est François. C'est important.»

Sa voix est étouffée par les sanglots.

PARTIE III

Les déchirures

6

Jérôme n'arrive pas à s'arracher au plaisir de visiter Paris. Cela fait maintenant plus de dix jours qu'il arpente la ville dans tous les sens, se perdant volontairement dans ses différents quartiers, visitant les musées, s'assoyant pendant des heures dans les différents cafés. Bien sûr, il est allé voir la tour Eiffel, le jardin du Luxembourg, l'arc de Triomphe... Mais c'est encore le petit quartier où il habite qui le touche le plus directement. La place du Tertre avec ses artistes, le Sacré-Cœur et sa magnificence où il retrouve la palette colorée des vitraux du monastère, la rue Ravignan d'où l'on domine la ville... Les toits de Paris! Le mode de vie français, celui qui a marqué la majeure partie de son existence, s'identifie aisément à l'image qu'il se fait de la joie simple au quotidien. Jérôme renoue avec certaines coutumes pour son plus grand plaisir. Il trouve agréable de déambuler dans les marchés, de choisir ses fruits et légumes au jour le jour et ses croissants chaque matin. Il a mangé à la table de La Mère Catherine, s'est attardé quelques heures Au Lapin Agile et s'est ému, rue Victor-Massé, devant l'immeuble où Vincent Van Gogh a déjà habité. Il est en train de se créer des habitudes, facilement, comme si toutes ces choses allaient de soi. Et il s'aperçoit, quand même un peu surpris, que cela lui convient parfaitement.

Malgré tout, au matin du treizième jour, il s'éveille en pensant à Don Paulo. La journée est pluvieuse, le ciel de Paris est triste. La vie de touriste lui semble donc, aujourd'hui, beaucoup moins attirante. Et il n'y a pas que le temps. C'est un peu comme si sa nature profonde venait de refaire surface, lui faisant prendre conscience à quel point cette existence de nomade est contraire à tout ce qu'il a toujours connu. Il reste immobile sous les couvertures, regardant pensivement la pluie qui tombe régulièrement sur la vitre. Puis il bâille en souriant. Avant de sauter en bas de son lit pour prendre sa valise dans l'armoire. Toute bonne chose a une fin, n'est-ce pas? Il est temps de faire un bout de chemin en direction de Caen. Il ouvre vivement les tiroirs de la commode, retire ce qui était rangé dans la penderie. Ce qui lui apparaissait hier encore comme une simple perspective a pris ce matin des allures d'urgence. Brusquement, il lui tarde de serrer la main de Don Paulo, de se promener dans le cellier, de toucher aux pommes de la dernière récolte.

Et tout en faisant ses bagages, il sifflote un petit air de Gilbert Bécaud.

Dans quelques heures, il va enfin s'asseoir dans le grand bureau de Don Paulo. Et cette assurance a un drôle d'aspect magique. Comme lorsqu'on réussit à réaliser un rêve longtemps caressé. Comme lorsqu'on a envie de se pincer pour être bien certain que l'on ne dort pas.

À sa descente du train, à la gare de Caen, la pénombre est déjà tombée. Fin novembre, les journées sont plus courtes. Debout devant la porte de la gare, sa petite valise posée à ses pieds, Jérôme pousse un long soupir, regardant tout autour de lui. Un taxi s'arrête rapidement à sa hauteur, aussitôt Jérôme lui fait signe de poursuivre sa route. Devant lui, il reconnaît les rues et les bruits de la ville et il n'a pas envie de s'y soustraire immédiatement. Un curieux mélange de gratitude et d'anxiété lui fait battre le cœur un peu plus vite que nécessaire. Parce qu'en ce moment, c'est Philippe que Jérôme sent frémir en lui. Pendant plus de quarante ans, on l'a appelé Philippe et c'est ici, dans cette ville de France, que cet homme a vécu. Même par la suite, quand Jérôme s'était éveillé au moment où il avait recouvré la mémoire, c'est par choix qu'il avait continué à s'appeler Philippe. Par choix et par peur...

Un long frisson lui parcourt le dos. En remontant le col de son manteau, il entend à nouveau la voix de Cécile lui reprochant son silence. Pourtant, c'est par respect et par amour pour elle qu'il avait choisi de se taire. Pour ne pas la blesser. Pour leur éviter à tous les deux des souffrances qu'il pensait inutiles. Mais cela, Cécile ne l'a pas compris. S'était-il donc trompé? Soupirant à nouveau, Jérôme se penche pour saisir sa valise.

Sans la moindre hésitation, il prend à sa gauche et traverse le carrefour, en direction opposée au chemin qui mène au monastère. Ce n'est pas vraiment le moment de se présenter là-bas. Don Paulo doit être présentement au réfectoire puis suivra l'incontournable heure de prières à la chapelle. Mais ce n'est pas simplement cela. À quelques pas d'ici, il y a un petit bistrot qu'il aime bien. C'est là qu'il se réfugiait quand la nostalgie de son pays se faisait trop envahissante. Comme s'il répondait à un besoin pressant, Jérôme accélère le pas.

Les rues sont luisantes d'une pluie tombée en après-midi. Les gens s'interpellent, se hâtent vers leur domicile après la journée de travail, le croisent sans porter attention à lui. Mais contrairement à Paris où il regardait la ville avec le regard du visiteur, ici, Jérôme a l'impression d'appartenir à cette foule. Il se laisse porter par elle sachant très bien où ses pas le mènent. Et dès qu'il met les pieds à l'intérieur du bistrot, il s'arrête un bref moment, heureux de revoir la place après tous ces mois. Ici rien n'a changé. Une avalanche de souvenirs et d'émotions lui serrent la gorge. Derrière le bar, le patron astique le comptoir avec son éternel chiffon à carreaux rouges et blancs, fait d'anciennes nappes trop usées. Aussitôt qu'il aperçoit Jérôme, il dessine un large sourire en levant le bras.

— Hé! Philippe! Quel bon vent t'amène? Ça fait des lustres, non?

Alors, d'un élan, Jérôme vient vers lui, pendant qu'un grand sourire illumine son regard.

* * *

Don Paulo et Jérôme se sont retrouvés avec un plaisir non dissimulé. Le directeur du monastère s'est empressé d'aller au-devant de Jérôme qui se tenait dans l'embrasure de la porte de son bureau. Pendant un long moment ils se sont serrés la main, en se souriant. Puis Jérôme est venu s'installer dans son fauteuil habituel.

Il ne se lasse de regarder autour de lui. Il se fond à ce décor qu'il connaît si bien: le lourd pupitre de bois, la petite table devant la fenêtre où le damier est encore à sa place, les chaises droites qui attendent d'éventuels visiteurs devant la lourde bibliothèque de chêne, la petite lampe qui diffuse une clarté discrète. Oui, de tous les souvenirs qu'il garde précieusement au fond de sa mémoire, c'est cette pièce qui représente le plus à ses yeux. C'est ici, petit à petit, qu'il a réappris à vivre. Incapable de résister, Jérôme se relève et vient à la fenêtre qui donne vers l'ouest. Combien de fois s'est-il tenu exactement à cette place? Combien de minutes et d'heures à scruter l'horizon, comme si la mémoire se devait de revenir par là? Puis plus tard, combien de mois, d'années à fixer l'ouest en essayant de deviner ce qui se passait là-bas, tout là-bas, chez les siens?

La nuit est d'encre, sans lune ni étoiles. Pourtant devant lui, laissant son regard buter sur l'horizon qui est impénétrable ce soir, il revoit un certain coucher de soleil. Tout comme aujourd'hui, il revenait de la ville où il avait passé un moment au bistrot. Il avait un peu plus de trente ans et la mémoire lui était revenue depuis quelque temps. Il était déchiré entre son envie de retourner chez lui et la peur de ce qui l'attendait. Pendant des mois il avait tenté de trouver la réponse qui serait la meilleure pour tout le monde. Et c'est ici, devant cette même fenêtre, fixant un soleil d'apocalypse en train de mourir sur l'horizon zébré de nuages noirs, qu'il avait fait part de sa décision à Don Paulo. Jérôme Cliche, malgré l'envie terrible qu'il avait de revoir les siens, venait de choisir qu'il s'appellerait dorénavant Philippe. Et c'est pour Cécile qu'il avait fait ce choix. Pour elle et à cause d'elle. Parce qu'il l'aimait et qu'il avait peur de souffrir comme de faire souffrir. Parce qu'il avait aussi compris, quelques heures plus tôt, confortablement installé au bistrot, que Philippe ne mourrait jamais complètement. Que l'homme différent et malhabile qui dormait en lui, celui-là même qui l'avait préservé pendant toutes ces années d'amnésie, eh bien! cet homme faisait partie de ce qu'il était. À jamais. Et ce n'est pas cet homme que Cécile connaissait. C'était il y a trente ans, c'était hier et c'est encore aujourd'hui.

— Vous rappelez-vous Don Paulo? murmure-t-il d'une voix sourde. C'est ici que je me tenais le soir où je vous ai dit que je voulais rester en France. C'était il y a si longtemps. J'étais encore jeune. Je croyais bien faire... Aujourd'hui, je ne sais plus. J'ai peur de m'être trompé...

Un silence tout léger enveloppe le bureau du directeur. Don Paulo vient de comprendre le mutisme de Jérôme quand il était chez lui, en Beauce. Entre eux, les mots ne sont pas toujours nécessaires. À peine quelques phrases et Don Paulo sait que Jérôme souffre. Cette souffrance qu'il avait dit vouloir éviter, pour lui comme pour la femme qu'il aimait, elle était restée tapie dans l'ombre pendant tout ce temps. Elle l'avait attendu. Maintenant, il n'avait plus le choix. Il devait y faire face et tenter de la saisir pour pouvoir l'accepter ou la vaincre. Don Paulo sursaute quand la voix sourde de Jérôme reprend.

— Oui, je voulais bien faire. Je... Je savais que je ne saurais vivre sans Cécile si je la retrouvais. C'était comme une intuition, un instinct en moi. Et maintenant que je l'ai retrouvée, je peux vous dire que c'était vrai. Je n'ai jamais cessé de l'aimer. Alors même si je me suis trompé, en même temps, pour elle, je sais que j'ai eu raison d'agir comme je l'ai fait. Même si elle, elle ne le comprend pas...

Et se tournant à demi vers le directeur, il ajoute, vibrant:

— Je l'aime tellement. Si vous saviez...

Puis revenant devant la fenêtre qui n'offre qu'un immense vertige noir au regard, il poursuit, pour lui comme pour le directeur.

— Je m'excuse... Ce n'est pas ainsi que j'imaginais notre rencontre...

C'est au tour de Don Paulo de venir près de Jérôme.

— Qu'importe la tournure que prend notre conversation, Jérôme? Est-ce là l'important entre nous?

Jérôme esquisse un sourire furtif.

— Bien sûr que non. Et vous savez que je le sais... N'empêche que...

— Non, Jérôme. N'ajoutez rien. Votre présence suffit. Notre amitié est toujours vivante parce que vous avez eu besoin de moi et que vous saviez que je serais là. Je confesse mon peu de foi en vous. J'ai craint ne jamais vous revoir. J'ai craint que vous m'ayez oublié. Alors le simple fait de vous savoir ici, à mes côtés, rend ma joie complète. Et si je peux vous aider, sachez bien que je le ferai de tout cœur. C'est là l'essentiel. Tout le reste n'est que baliverne. Nous le savons tous les deux.

Puis au bout d'un bref silence, donnant une note d'enthousiasme à sa voix.

— Venez, Jérôme. Venez vous asseoir. J'aimerais tellement que vous me parliez de chez vous...

À ces mots, Jérôme se retourne vers Don Paulo. Soulagé d'un poids terrible qui aurait pesé sur ses épaules. Oui, avec Don Paulo, il va enfin réussir à faire un peu de clarté sur les années qui viennent devant lui et qui n'offrent pas nécessairement la sérénité qu'il prévoyait y trouver.

À deux, les choses sont souvent plus limpides, plus faciles à cerner. Alors Jérôme accepte l'invitation de Don Paulo qui lui montre le fauteuil. Et pendant qu'il prend place devant le lourd pupitre, dans son regard brillent l'ambivalence et l'impatience de l'homme qui a tant devant lui mais qui a peur. Pourtant, en même temps, une lueur de paix scintille au fond de l'œil de Jérôme. Parce qu'il sait qu'avec Don Paulo, il est accepté dans son être comme dans ses choix...

7

La première chose qui saute aux yeux de Cécile quand elle revient chez elle le dimanche soir, c'est le clignotant rouge du répondeur. C'est vrai: Dominique... Cécile soupire. Il est tard. Elle est fatiguée, ayant fait la route de nuit et à la pluie. Pourtant, déposant son bagage près de la porte, elle se précipite vers l'appareil. D'un coup, la soirée de vendredi lui revient à l'esprit et elle a la brusque envie de réentendre le message laissé par Dominique. Que disait-elle encore?

L'anxiété de la voix de sa fille est presque palpable à travers les mots prononcés. Un petit pincement au creux des émotions suggère à Cécile qu'il aurait peut-être mieux valu donner suite immédiatement à cet appel. Le second message qu'elle écoute les sourcils froncés vient le confirmer. Sans hésiter, délaissant sa valise dans l'entrée, évitant de faire le moindre bruit susceptible d'alerter sa voisine, celle qui garde Gudule, Cécile se précipite vers l'ascenseur. Elle en est convaincue: ce n'est pas d'un appel dont Dominique a besoin mais de sa présence...

C'est une jeune femme aux yeux hagards et aux traits tirés qui se jette dans ses bras. Comment, comment a-t-elle pu la voir autrement qu'avec les yeux du cœur? Pourquoi Cécile a-t-elle cru que Dominique avait changé? C'est un non-sens. Sa maternité engourdie depuis son retour de France sursaute et fait se refermer fortement le bras qui entoure les épaules de Dominique. André est avec elle et n'en mène guère plus large. Assez grand et bien portant, Cécile note tout de suite qu'il a maigri. Encadrant son visage défait, ses cheveux semblent plus gris. Sachant que François est au cœur de leur inquiétude, Cécile se fait protectrice. En ce moment, sa fille a besoin d'elle et rien d'autre ne peut avoir plus d'importance. Son bras se fait de plus en plus lourd autour des épaules de Dominique.

— Venez, vous deux. Je vais faire du

café pour tout le monde et vous allez m'expliquer.

Et sans rien ajouter, elle les remorque tous les deux en direction de la cuisine. De toute son intuition elle sait qu'ils ont besoin d'une oreille attentive et de quelqu'un qui puisse conseiller, s'ils le demandent. Alors elle s'oblige à taire sa propre inquiétude et s'affaire sous le regard vide de Dominique. En quelques minutes, une bonne odeur de café frais envahit la cuisine. Cécile se retourne vers Dominique et André qui se tiennent l'un près de l'autre à la table.

— Alors qui parle en premier? demande-t-elle en apportant les tasses fumantes.

À ces mots, Dominique lève les yeux vers son mari. Elle sait qu'en ce moment, elle ne saurait être suffisamment cohérente pour résumer la situation. Elle préfère s'en remettre à lui. De toute façon, depuis quelques jours, hormis la déclaration qu'elle a été obligée de faire à la police, c'est André qui a tout fait, tout dit. Elle, Dominique, n'est plus qu'une plaie béante par où s'écoule toute son énergie. François, son grand, son aîné, son bébé, François est malheureux, peut-être en danger...

André est bref, concis. Il commence en décrivant l'été qu'ils ont vécu. François qui semblait enfin avoir trouvé un groupe d'amis qui l'acceptait, lui que l'on disait solitaire. Son manque de confiance en lui avait disparu peu à peu remplacé malheureusement par une arrogance malsaine. Il parle aussi de la drogue que François semble bien avoir adoptée. Pourquoi? André n'en sait trop rien. Pour toutes sortes de raisons, probablement: faire comme les autres, peur du rejet, de la moquerie, attrait de l'interdit... Puis l'accoutumance fait le reste... Alors il parle aussi du renvoi du collège, des rencontres qu'il croyait efficaces avec l'intervenant de la DPJ, de l'inscription de François à l'école publique, de l'attitude de leur fils qui leur semblait un peu plus positive depuis quelque temps. Puis l'inévitable, la déchirure...

— Finalement, jeudi, il a levé les voiles et on ne l'a pas revu depuis... Si vous saviez comme je m'en veux, Cécile. D'abord de ne pas avoir cerné le véritable problème plus tôt. La drogue, c'est un fléau. On veut tellement croire que cela ne touche pas nos enfants. Ceux des autres peut-être mais chez soi? Horreur... On ne peut l'admettre. Mais quelle que soit la raison qui ait pu pousser François à consommer, nous devons nous rendre à l'évidence: il est accroché. Maudites cochonneries... Je vous jure Cécile, que lorsque l'on apprend ça, on est prêt à se cramponner à n'importe quoi. Le moindre mieux prend des allures de victoire et on s'y fie. Comme un aveugle sur sa canne, oui!... On nous parle de confiance, de respect les uns des autres, de bonne volonté mutuelle... Et on embarque; on veut tellement y croire... Foutaises! Le pire, je viens de vous le dire, c'est que j'y ai vraiment cru. Et Dominique aussi... On y mettait tout notre cœur et tout notre espoir. On était même rendus à se dire, Domi et moi, que finalement la crise n'était pas aussi grave qu'on l'aurait cru. Laissez-moi vous dire qu'on est tombés de haut... François s'est servi des rencontres à la DPJ pour nous berner de belle façon, oui! Il a filé avec Marco après avoir soulagé mon portefeuille d'un peu plus de trois cents dollars. J'arrivais de la caisse, justement, avec l'argent de la fin de semaine.

— Êtes-vous bien certain que c'est Fran...

Le regard noir que lui jette André oblige Cécile à ravaler la fin de sa phrase.

— Mais c'est de la concertation, ma parole, fulmine-t-il. À croire que les femmes sont toutes pareilles... Dominique a eu le même réflexe que vous. Comme si ce n'était pas évident! Non, Cécile, je ne l'ai pas vu faire, si c'est ce que vous me demandez. Mais par contre, je sais que c'est lui qui a pris cet argent... Je le sais là, conclut-il en se pointant la poitrine du doigt.

— Je m'excuse, André... Je n'aurais pas dû. Mais vous l'avez dit: ça a été comme un réflexe... C'est... C'est si difficile d'imaginer que le petit François... Mais vous avez sûrement raison... Et maintenant que peut-on faire? Avez-vous appelé la police?

— Bien sûr. Dès le vendredi en soirée...
Ils sont venus ici et ont fouillé la chambre
de François. Ils n'ont rien trouvé. Puis
grâce à la liste d'amis que je leur ai fournie,
ils sont allés chez Marco. Les parents de
Marco ne s'inquiétaient même pas! C'est
à peine croyable... Ils ont répondu que ce
n'était pas la première fois que leur fils
faisait une fugue et qu'il n'y avait pas là
de quoi fouetter un chat... Ils appellent
ça l'apprentissage de la liberté! Imbéciles!
Ils sont persuadés que les deux jeunes
vont nous revenir dans quelques jours,
affamés et contrits. Malgré tout, la police
a insisté et finalement, la mère de Marco
a trouvé un mot sur le bureau de son
gars qui expliquait que lui et François
avaient décidé de vivre à leur façon. Ça
ne nous dit pas grand-chose. Sinon que
je trouve cela très inquiétant... Plus encore que s'ils n'avaient rien laissé...

— Et de rester là à attendre sans rien
faire doit vous ronger les sangs, non?

— Et comment!

— Alors agissez!

Cécile a lancé ces derniers mots sans même y réfléchir. Mais tout au fond d'elle-même c'est la vieille blessure de la naissance de Dominique qui murmure à son oreille. Si elle, Cécile, s'était battue, avait fait valoir ses droits et ses choix, jamais elle n'aurait connu une si grande douleur. Jamais. Elle en est persuadée. Elle entend la voix de la tante Gisèle disant qu'on n'a rien pour rien dans la vie. Répétant à tous vents qu'il faut se battre et arracher son bonheur à l'existence. Qu'il faut oser dire les choses et faire les gestes qui s'imposent... Aujourd'hui, avec le recul, Cécile sait que la tante Gisèle avait raison. Alors elle redresse les épaules et regarde franchement Dominique et André.

— À votre place, je ne pourrais jamais rester là, les bras ballants, à attendre. Vous devez bien connaître les endroits où il se tenait? Ses amis? Alors prenez l'auto et allez les voir. Posez des questions, parcourez la ville, allez au carré d'Youville, sur la Terrasse... Je ne sais pas. Mais de grâce, faites quelque chose...

Et en disant ces derniers mots, c'est sur André qu'elle pose son regard. Dominique n'est peut-être pas en état de prendre les choses en main, mais elle ne peut rester assise à se laisser mourir à petit feu. Il faut qu'elle bouge, il faut qu'elle occupe son esprit. Et c'est ce message que Cécile tente de lancer à André. Curieusement, elle revoit un certain après-midi d'été. Denis devait avoir quatre ans. S'ennuyant seul à la maison, il avait décidé de rejoindre ses amis de la crèche et il s'était perdu... Oui, brusquement Cécile s'en rappelle très bien. Tout son être était tendu pendant qu'elle le cherchait. Jamais, non jamais, elle n'aurait pu rester inactive chez elle sachant son petit en danger. Elle répète d'une voix très douce:

— Allez, faites ce que je dis. Au moins vous allez vous sentir utiles.

Pendant qu'André et Cécile parlaient, Dominique n'a pas eu la moindre réaction. Exactement comme si elle avait été atteinte de surdité. Puis, petit à petit, les mots de Cécile l'ont rejointe, la réveillant de sa léthargie. Un éclat d'espoir a traversé son regard. Aussitôt remplacé par un découragement sans fond.

— Mais Geneviève, Frédé...

— Je suis là, Dominique. Je suis là. C'est aussi à cela que ça peut servir une mère...

À ces mots, Dominique lève la tête vers Cécile. Leurs regards se croisent, s'attardent, se sourient. Comment a-t-elle pu croire que Cécile l'avait abandonnée? Dans les yeux de sa mère, tout ce qu'elle peut voir en ce moment c'est de l'amour. Uniquement de l'amour. Alors Dominique tend la main vers elle, toute amertume à jamais disparue.

— Merci... merci maman... Nous allons tenter de faire vite.

Maman... C'est la deuxième fois que Dominique l'appelle maman. Alors Cécile s'oblige à refouler les larmes qu'elle sent monter à ses paupières.

— Non, non, Dominique... Prenez le temps dont vous aurez besoin. François a besoin de vous... Alors je suis ici pour le temps où ce sera nécessaire...

* * *

Devant l'urgence de la situation, Cécile a pris congé de l'hôpital pour la semaine. Les parents de Dominique étant absents pour un bon moment, installés depuis peu dans leurs quartiers d'hiver en Floride, Cécile prend la relève auprès de sa fille. Pour la première fois, elle se sent vraiment utile. Comme si la vie lui offrait une chance de se reprendre, de donner un sens à toutes ces années qui leur ont été enlevées.

André et Dominique ont quitté la maison très tôt le lundi matin, sachant que Frédérik et Geneviève ne manqueraient de rien avec leur grand-mère. Et quand cette dernière a embrassé Cécile avant de partir pour l'école, la dame aux cheveux blancs a ressenti une émotion toute particulière. Une émotion de jeune mère. Elle est restée longtemps à la fenêtre du salon, regardant la petite remonter l'avenue en direction de l'école et qui se retournait à tout moment pour lui faire signe de la main. Elle ne savait plus si elle avait envie de rire ou de pleurer.

La mémoire et les désirs entremêlés, elle se disait que sa vie, toute sa vie aurait pu ressembler à ce matin. Et quand Geneviève a disparu au coin de la rue, l'envie d'avoir Jérôme à ses côtés s'est faite presque violence. C'est avec lui, et uniquement avec lui qu'elle aurait pu avoir cette existence entourée d'enfants, faite de joies simples au quotidien. Elle vient de le comprendre. Avec Charles, c'était différent, c'était autre chose. Maintenant, dans son cœur comme dans sa tête, la différence est très visible. Comment se fait-il qu'elle se soit sentie aussi déchirée?

En entrant dans la cuisine, elle regarde le téléphone avec déception. Elle ne peut même pas lui parler, car Jérôme est encore très loin d'ici. En soupirant, elle s'approche de la table pour retirer les couverts et les apporter dans l'évier. En levant les yeux, elle aperçoit le gros érable, dans le fond de la cour. Un vieil arbre qui ressemble étrangement à celui qu'elle avait sur son terrain quand elle habitait avec Charles, son mari, à quelques rues d'ici à peine.

Pendant de longues minutes, Cécile est restée pensive. Dans sa vie, il y a eu aussi Charles et Denis, leur fils. Il ne faudrait pas l'oublier. Auprès d'eux, elle a mené une vie différente. Mais quelle importance? Les images de son existence déroulent leurs souvenirs au ralenti. Ses parents, Jérôme, Gabriel, la tante Gisèle, Rolande, Juliette, Charles, Denis... La Beauce et Québec... La ferme des Cliche et l'hôpital où elle a travaillé... Et la Crèche... Et la guerre... Comme si tous les événements ayant jalonné le cours de ses journées reprenaient leur véritable dimension, leur place respective et l'importance qui leur sont propres. De grosses larmes roulent maintenant sur ses joues. Mais ce ne sont pas des larmes de tristesse. Ce sont des larmes d'émotion, tout simplement. Cécile s'aperçoit à quel point elle a été chanceuse. La vie a été généreuse. Malgré les déceptions, les déchirures, les batailles et les deuils, il y a eu tellement de belles et bonnes choses. Il y a surtout, encore aujourd'hui, alors qu'elle pourrait n'être qu'une femme vieillissante, à l'aube de la retraite, il y a cette chance inespérée de reprendre là où elle avait dû abandonner à vingt ans.

À soixante ans, elle a encore toute la vie devant elle...

Du revers de la main, d'un geste très calme, elle essuie ses joues. Brusquement, il lui tarde de revoir Jérôme. Être près de lui et glisser sa main dans la sienne. Maintenant, elle est prête à l'entendre lui raconter sa vie. Elle a même besoin que Jérôme lui parle de ce temps où il s'appelait Philippe. Entre eux, désormais, il ne peut y avoir de secrets...

Cécile la douce s'est enfin retrouvée.

* * *

Finalement, le mercredi matin, André et Dominique quittent Québec pour Montréal. Un ami de François est persuadé qu'il y est. Il leur a même fourni une adresse.

— C'est l'adresse d'un gars qu'on a rencontré l'été dernier en ville... Ce... Ça m'écœure de faire ce que je fais mais tant pis. Je suis inquiet...

Ne connaissant pas très bien la ville, ni l'un ni l'autre, les parents de François se sont d'abord présentés au premier poste de police rencontré. André a tenté d'expliquer la situation et ils ont trouvé une oreille attentive. Quand ils repartent, ils ont une carte de la ville, la liste des principaux refuges pour les itinérants, un numéro de téléphone et le nom du policier qu'ils viennent de rencontrer. C'est un homme de leur âge qui a pris le temps de les écouter et surtout, qui ne semble pas porter de jugement. André lui en est reconnaissant. Car depuis le début de l'été, il n'arrête pas de se sentir coupable face à son fils, face à sa famille, face à Dominique... L'agent Godreau les a reçus avec gentillesse.

— Et ne vous gênez surtout pas pour me contacter. Ici, nous gardons le signalement de votre fils, je fais circuler la photo que vous venez de me donner et nous restons vigilants. Revenez me revoir en fin de journée, avant quatre heures, et nous ferons le point ensemble... Avec la carte, vous devriez arriver à vous orienter assez facilement. Commencez par l'adresse que vous avez, puis faites les refuges...

Aussi bien chercher une aiguille dans une botte de foin! Depuis des heures, Dominique a l'impression de tourner en rond. Bien entendu, le dénommé Ferland a déménagé.

— Pauvres vous! Ça fait au moins trois mois qu'il est parti... Et je n'ai pas la moindre idée de l'endroit où il se trouve. Un monsieur bien comme il faut... Dommage qu'il soit parti.

«Un monsieur...» À ces mots, Dominique a sursauté. Elle n'aime pas l'image qu'ils font naître dans son esprit. Surtout un monsieur bien sous tous rapports. Que fait-il avec des gamins comme François et Marco?

— Parfait comme ça, lance André en revenant vers leur auto. S'il n'habite plus ici, les jeunes ne peuvent pas le rejoindre. C'est probablement mieux comme ça.

Ces dernières paroles soulagent Dominique. Si André pense comme elle, c'est qu'elle n'est pas encore complètement folle. Mais en ce moment, ça ne fait que changer une inquiétude pour une autre. Parce que cela signifie que François erre dans une ville qu'il ne connaît pas, où il ne connaît personne. Du moins à sa connaissance. Si ce n'était d'André, elle laisserait tomber. En même temps qu'elle a la certitude de voir son fils à chaque coin de rues, elle s'aperçoit qu'il n'y a rien de mieux que la foule pour se camoufler. Elle est épuisée, vidée. Personne n'a vu François ni même l'ombre de quelqu'un qui pourrait lui ressembler. Elle voudrait dormir, tout en sachant qu'elle en est incapable. Elle voudrait manger sans avoir faim. Elle s'ennuie de Frédérik et Geneviève, mais n'a pas envie de les voir. Elle voudrait être chez elle, en sécurité, mais elle ne veut pas rentrer sans son fils. La maison est trop grande sans lui. Il n'y a plus que le prénom de François qui tourbillonne inlassablement dans sa tête. Et si ce n'était qu'un mauvais rêve? «S'il vous plaît, réveillez-moi et dites-moi que le cauchemar est fini...»

En fin de journée, avec l'agent Godreau, ils font le point sur une journée qui leur semble stérile. André a les yeux cernés, les cheveux en bataille, lui qui habituellement est toujours tiré à quatre épingles. Il a l'impression d'être sale, incohérent. À son tour, il voudrait être chez lui, mais n'a pas envie de repartir.

— Est-ce que je peux téléphoner? fait-il avant de prendre congé. Je voudrais prévenir la mère de ma femme que nous ne rentrerons pas ce soir...

Puis se tournant vers Dominique.

— Es-tu capable de remettre ça demain? Il me semble que je ne pourrais pas regarder Frédérik et Geneviève dans les yeux si nous revenons sans...

Pour la première fois depuis le matin, Dominique ose un sourire.

— Merci André... Tu as tout compris...

Cécile a pris le temps d'écouter André, sans l'interrompre. Mais au moment où il parle d'un hôtel pour la nuit, elle intervient.

— À l'hôtel? Je ne crois pas que ce soit une bonne idée... Est-ce que Dominique est près de vous?

— Oui... Mais je...

— Passez-la moi André. Je crois que ce dont vous avez besoin, tous les deux, c'est d'un peu de chaleur. La chaleur d'un foyer qui ressemble au vôtre...

Pendant que Cécile lui parle, le visage de Dominique reflète toutes sortes d'émotions. Ses sourcils se froncent, elle fait la moue, soupire. Puis un grand calme se lit sur ses traits.

— D'accord Cécile. Tu as probablement raison... J'avoue que j'arrive difficilement à penser de façon intelligente depuis quelque temps. Donne-moi une minute, je vais prendre l'adresse et le numéro de téléphone en note...

Cécile l'a convaincue de se rendre chez Gérard. Quoi de plus triste qu'une chambre d'hôtel quand on est inquiet. De plus, elle connaît bien son frère et sait qu'il n'a pas son pareil pour remonter le moral des troupes. Et il connaît la ville de Montréal comme le fond de sa poche. En quelques phrases, elle a fait comprendre à Dominique que Gérard, c'est d'abord et avant tout son oncle. Un étranger peut-être, à ses yeux, mais ce n'est qu'une apparence. Gérard est le seul membre de sa famille qui a toujours su que Cécile avait eu une petite fille.

— Va chez lui, Dominique, lui a-t-elle finalement dit. Je... Je ne t'ai jamais rien demandé. Mais là je le fais. Et je sais très bien pourquoi je le fais. Quand tu connaîtras Gérard, je suis certaine que tu comprendras. Et n'oublie pas qu'il connaît Montréal sous toutes ses coutures. Ça fait plus de quarante ans qu'il habite là. C'est un atout... Et il y a sa femme, Marie... Vous ne regretterez pas d'y être allés...

Quand ils arrivent chez Gérard, André n'est plus du tout certain que ce soit une si bonne idée. Il est tellement fatigué que la pensée d'avoir à soutenir une conversation lui donne froid dans le dos. Comme souvent il le fait, Gérard les attendait à la fenêtre. Il leur ouvre la porte dès qu'ils commencent à monter l'escalier qui mène à son appartement. Il habite toujours au même endroit. Avec les années, il a fini par acheter la bâtisse et l'a rénovée selon les goûts de Marie.

— André et Dominique, n'est-ce pas?...

Cécile vient de m'appeler. Soyez les bien-venus. Vous êtes ici chez vous.

Tout en parlant, il tend la main à André. Puis il se tourne vers sa nièce et la dévisage longuement, sans la moindre retenue.

— T'es comme je l'imaginais, lance-t-il avec son franc-parler habituel... Tu ressembles à ton père avec le regard de Cécile... Chus content, ben ben content de t'rencontrer.

Ce n'est pas parce que c'est la première fois qu'il a l'occasion de voir Dominique qu'il va s'embarrasser de formules toutes faites. Sans façons, il s'approche d'elle et l'embrasse sur les deux joues.

— Ouais, chus ben content que tu soyes là.

Puis prenant leurs manteaux, il lance par-dessus son épaule:

— Marie, viens voir... Sont arrivés...

Jamais Dominique n'aurait pu imaginer qu'elle sache encore rire. Pourtant c'est ce qui se passe. Ils sont assis au salon et Gérard vient de leur servir un apéro.

— ...Corsé, a-t-il prévenu. Vous en avez besoin. Pis après, on va manger un bon rôti d'veau. Fiez-vous sur moé: y'a pas meilleure cuisinière en ville que ma femme.

Fidèle à lui-même, Gérard prend toute la place. Il questionne, formule les réponses, déride tout le monde. Il connaît la raison de leur séjour à Montréal, mais ne veut pas aborder la question tout de suite. Juste à voir leurs visages, Gérard a facilement compris que Dominique et André avaient besoin de se changer les idées. «Ce n'est pas en grattant le bobo qu'on arrive à le guérir», s'est-il dit en les conduisant au salon. De toute façon, ils doivent apprendre à se connaître, d'abord et avant tout. Alors, il parle de lui et de son travail, ponctuant son monologue d'anecdotes amusantes. Petit à petit, le ton change, se fait plus grave quand il glisse vers Cécile. Elle est le point commun entre eux. C'est par elle qu'ils peuvent apprendre à créer des liens.

C'est pourquoi il raconte ce temps où ils étaient enfants et la vie qu'ils ont connue sur la ferme, en Beauce. Dominique, subjuguée, reste pendue à ses lèvres. C'est un bon conteur, Gérard, avec ce parler de terroir qui est toujours le sien, plein d'images et de saveur. Elle voit facilement l'école de rang, chauffée au bois, avec la truie dans un coin et Gérard qui fait le fou pour aider à passer le temps, parce qu'il déteste l'école. Puis il parle du couvent que Cécile n'a pu fréquenter longtemps, à cause de l'aide qu'elle devait apporter à la maison. Dominique l'écoute, sans perdre une seule de ses paroles. Tout doucement, de mots en mots, se précise l'image d'une famille qui est la sienne. Ses oncles, ses tantes, ses cousins, ses cousines. Elle les voit vivre et grandir devant elle. Elle entend le vent qui chante dans le verger où Cécile se retire pour lire, assise à l'ombre d'un pommier. Puis se dressent la grande maison des Cliche et celle plus modeste de son grand-père paternel. Gérard lui fait goûter aux joies et aux difficultés d'une famille nombreuse, à une époque où le pain et le beurre étaient les seules préoccupations dignes d'intérêt. Il lui parle de Cécile adolescente et jeune femme. De cet amour que tous savaient entre sa mère et son père, le beau Jérôme. Puis il décrit la guerre et ses contraintes. Ne connaissant ni la retenue ni la gêne, Gérard lui dit aussi ce temps où Cécile était enceinte et l'obligation qu'elle avait eue de s'expatrier à la ville pour cacher son état, malgré le désir profond qu'elle avait de garder son enfant. Il tente d'expliquer le secret qui avait entouré cette grossesse. Et pour la première fois de sa vie, Dominique est enfin capable de mettre des images sur son passé. Sur cette vie qui aurait pu être la sienne. Elle imagine Cécile revenant de la crèche sans elle, retrouvant une mère malade, s'occupant de ce petit frère orphelin dès la naissance. Et curieusement, penser à elle-même dans un milieu différent de tout ce qu'elle a pu connaître jusqu'à maintenant, s'imaginer vivant autrement, avec d'autres gens, la ramène tout naturellement à François. Lui, aussi, finalement, il appartient à cette famille. C'est comme si subitement, en touchant à ses origines, Dominique comprenait tout ce qui se cache en son fils. Cet héritage que l'on reçoit à sa naissance, inscrit dans ses gènes. Elle entend Gérard lui parler de la force et du courage de ses grands-parents, de la volonté farouche de sa mère surtout, et elle se dit que cette même force doit aussi dormir quelque part en elle et en François. Elle écoute Gérard lui parler de ce passé qu'elle ignorait, mais qui lui appartient et c'est comme si elle découvrait l'assurance que tout va finalement s'arranger. Elle est presque étourdie de ce grand vertige qui la soulève au-delà d'elle-même. Au creux de ses espoirs les plus fous, il y a cette évidence qu'elle découvre, un peu surprise de ne pas l'avoir sentie avant.

— ... Et voilà, conclut Gérard. Comme je connais ma sœur, elle ne t'a sûrement pas parlé de tout ça, comme j'viens d'le faire. C'est une secrète, Cécile. Mais j'trouvais important que tu saches qui je suis. Qui nous étions comme famille... Parce que t'en fais partie et que t'avais l'droit de savoir. Tu vois, Dominique, j'ai souvent espéré un moment comme celui-là. Si tu savais comme j'ai achalé Cécile pour qu'elle nous présente sa fille. Y'a pas une

fois où je l'ai vue depuis les dernières années où j'y en ai pas glissé un mot. Mais
chaque fois, à disait que ça t'appartenait
et que t'avais dit que t'étais pas inté-
ressée... Tu sais, ta mère c'est une femme
de respect pis de paix. Mais c'est aussi
une maudite tête de mule... Enfin... Y'arrive que le hasard fait ben les choses. C'est
un peu c'qui s'passe aujourd'hui. Même
si c'est pas vraiment une période facile
de votre vie qui vous a amenés icitte...

Tout en parlant, Gérard s'est levé du
fauteuil. Il s'étire longuement puis sourit
à Marie.

— Le souper est-y prêt, Oui? Ben,
v'nez-vous-en, on passe à table. Astheure,
c'est à votre tour de m'raconter c'qui
s'passe. Peut-être ben qu'on pourrait vous
aider, Marie pis moi?

Pendant le repas, André essaie de résumer la situation. Gérard lui semble un
homme bien articulé, susceptible d'apporter un regard juste sur les événements.
Dès qu'il s'est mis à parler, tout à l'heure
dans le salon, André a compris que Cécile
avait eu raison. Il regardait Dominique

boire les paroles de son oncle et il a vite compris qu'un moment comme celui-là aurait dû exister depuis longtemps. Et de voir sa femme si calme lui a fait chaud au cœur. Elle était assise à côté de lui et il sentait sa main trembler dans la sienne, pour devenir peu à peu plus ferme. Il oserait même dire plus forte. Maintenant, c'est avec confiance qu'il s'adresse au frère de Cécile et à sa femme. Marie et Gérard l'écoutent attentivement, interviennent à l'occasion, questionnent aussi Dominique, l'obligeant à faire le point avec eux. Marie surtout. Elle retrouve un peu de Cécile dans cette jeune femme.

Tous les quatre, ils s'entendent pour cibler les endroits de recherche et se partager la tâche. Gérard a longuement étudié la photo de François. Puis un sourire ému a glissé sur son visage.

— Le sacripant, y me ressemble au même âge, murmure-t-il pour lui-même. Moi avec, j'avais l'air d'un poireau en train d'monter en graine...

Puis levant les yeux vers André et Dominique, il ajoute avec fougue:

— On va l'trouver... J'vous jure qu'on va l'trouver si y s'cache à quèqu'part dans Montréal... Sortez la carte pis montrez-moi les places que vous avez déjà faites... On va s'diviser la ville en quartiers...

Mais il n'y aura pas de recherche le lendemain. Vers vingt-trois heures, deux policiers se présentent chez Gérard Veilleux, réveillant tout le monde. Il semble bien que l'on ait retrouvé François dans le sous-sol d'une maison désaffectée de l'est de la ville. On demande à André et à Dominique de bien vouloir les suivre. Spontanément, André a demandé à Gérard de les accompagner.

Le jeune qu'il retrouve au poste est bien François. Mais c'est à peine si Dominique peut reconnaître son fils. Amaigri, sale, il a le regard fuyant, les mains tremblantes. Quand Dominique fait un pas vers lui pour le prendre dans ses bras, François se défile, la regardant avec méfiance. Elle ne sait si elle doit insister ou se reculer et disparaître. Marie s'approche de la jeune femme et la prend tout contre elle. C'est à ce moment que

Dominique pense à Marco. Comment se fait-il que Marco ne soit pas avec François?

— Est-ce qu'il n'y avait pas quelqu'un d'autre avec notre fils? Il s'appelle Marco. Un jeune garçon un peu plus grand que lui, avec des cheveux coupés en brosse...

Jusque-là silencieux, François lève vivement la tête. Son regard lance des éclairs, à l'image d'un ciel qui se couvre quand l'orage menace d'éclater. Prenant tout le monde par surprise, il s'élance vers Dominique et lui martèle les épaules avec ses deux poings, complètement hors de lui.

— T'as pas l'droit, tu m'entends? T'as pas l'droit de parler de Marco... J'sais que tu l'aimes pas. T'as pas l'droit...

André et le policier se précipitent sur François pour le retenir. Puis on emmène le jeune hors de la pièce. Dominique remarque alors à quel point le policier a l'air fatigué. Il la regarde longuement, puis il hausse les épaules.

— Je ne savais pas que ce jeune... Marco, vous avez dit?... De Québec? C'est pas facile à dire... On vient d'appeler ses parents. On l'a retrouvé baignant dans son sang. Selon toutes les apparences, il s'agit d'un suicide... Il s'est ouvert les veines... C'est un appel anonyme qui nous a prévenus du drame...

8

L'avion vient de prendre son altitude
et sa vitesse de croisière. La ville de
Paris n'est plus qu'un souvenir se fondant
aux nuages qui glissent sous l'appareil. Le
nez contre le hublot, Jérôme pousse un
long soupir satisfait. Tout contre lui, il
tient un livre que Don Paulo lui a prêté
pour le voyage, mais il n'a pas envie de
lire. Pas tout de suite. Il a besoin de dé-
canter tout d'abord, de revivre les dernières semaines une à une avec le recul
qu'offre la mémoire. Alors il se détend et
ferme les yeux. Tant mieux si l'on croit
qu'il dort, il n'a pas envie d'être dérangé.
Il revient comblé de ce voyage. Il retourne
chez lui le cœur confiant et l'esprit rempli
de belles images. Il est calme et serein.
Ce vol qui le ramène à la maison n'a rien
à voir avec celui qui l'avait conduit à
Québec en juin dernier. La fébrilité, les
pans d'ombre et les incertitudes se sont
estompés. Il y a trouvé exactement ce qu'il

espérait. Et avec Don Paulo, il a enfin réussi à faire le point avec lui-même. C'est là l'important. Tout le reste, à commencer par ce qu'il souhaite faire de sa vie, finira bien par se manifester clairement et par s'intégrer à son quotidien.

La foi lui est revenue...

Il a surtout compris que, dorénavant, la Beauce sera son port d'attache. C'est là qu'il est né et c'est là qu'il voudrait finir sa vie. Aujourd'hui, c'est parfaitement clair pour lui. Avec ou sans Cécile.

Pourtant, les premiers jours vécus au monastère ramenaient tellement de beaux souvenirs que Jérôme a eu un doute. Le verger et la cidrerie avaient été toute sa vie. Il s'est longuement promené le long des sentiers dépouillés. Il s'est retroussé les manches et a prêté main-forte à la cidrerie, retrouvant gens et odeurs avec plaisir. Comment avait-il pu croire qu'il pourrait tourner la page sans remords, sans regrets? Il était déchiré. Le soir en se couchant, il repensait à sa mère, à Cécile et le cœur lui serrait. Puis l'odeur des pommes, omniprésente dans le monastère, le rejoignait et l'envie de pleurer s'emparait de lui.

Finalement, le quotidien ascétique du monastère l'avait rejoint et il avait compris. Jérôme Cliche a besoin de liberté et de grands horizons pour être heureux. Pas de cloche l'appelant au réfectoire ou à la prière. Il a besoin d'une fenêtre qui ouvre sur un ciel sans limite pas d'une cellule qui donne sur un hangar. Philippe, insécure et fragile, y avait été heureux. Il en avait besoin. Mais pas Jérôme. Quand il avait choisi de rester au monastère, malgré sa mémoire revenue, c'était encore et toujours Philippe qui parlait. De là lui venait probablement cette nostalgie qui avait été la fidèle compagne des jours, des mois et des années vécus ici. Philippe vivait en France, soit, et en était satisfait, mais Jérôme, lui, vivait dans ses souvenirs et n'était pas heureux. Pas vraiment malheureux, mais pas heureux. Aujourd'hui, la différence est flagrante. Il l'a finalement admis à Don Paulo. Maintenant qu'il a retrouvé sa terre et son bien, il ne pourrait plus s'en passer. Il a envie d'être heureux. Pleinement. La seule obligation qui lui fait battre le cœur et enflamme son esprit, c'est celle de rattraper le temps perdu. Face à lui-même, bien sûr, mais aussi face à Mélina, sa mère, dont il a montré une photo récente, tout ému et face à Judith, cette sœur inattendue qu'il souhaite mieux connaître. Et contrairement à la plupart des gens, il a cette chance de tout recommencer.

— Non, avait-il alors précisé en fronçant les sourcils, ce n'est pas exactement ce que je veux dire. Quand on parle de recommencer, c'est que l'on admet que ce n'est pas bien. C'est que l'on constate un échec. Et moi, je ne regrette rien. Je ne veux rien recommencer. Je veux simplement aller de l'avant. Je veux bâtir...

Il avait eu un petit sourire moqueur.

— Voyez-vous, Don Paulo, ma capricieuse de vie s'est amusée à rouler par étapes. Comme une grosse roche qui dévalerait une montagne en rebondissant. Aujourd'hui, une nouvelle étape commence. J'aurais envie d'en faire un long palier...

Alors, il s'est mis à raconter chez lui avec passion. Sa ferme avec la cabane à sucre qu'il vient de rénover et son verger, plus modeste que celui du monastère, certes, mais bien à lui. Il a parlé de ses champs de maïs, si vastes que l'on peut s'y perdre quand les épis ont atteint leur maturité et de cette grande maison qui a abrité son enfance et qui l'attendait toujours aussi solide, aussi belle.

Puis il a parlé de Cécile. Même s'il ne savait trop comment aborder la question avec un homme qui a voué sa vie au célibat. Don Paulo allait-il comprendre que l'on puisse aimer à ce point? Que le désir d'elle lui donnait parfois le vertige? Pendant de longues minutes, le directeur s'est contenté d'écouter, les yeux mi-clos. Puis profitant d'un bref silence, il l'a interrompu et s'est mis à monologuer, d'une voix très calme, très grave.

— Comment pouviez-vous imaginer qu'elle puisse réagir autrement, Jérôme? Cette femme n'a pas passé sa vie à vous attendre. Elle aussi, elle a vécu et pleinement. Elle vous a sûrement attendu un certain temps, c'est évident, puis pleuré, peut-être même pendant toute sa vie. Mais elle n'a pas cessé de vivre pour autant. Elle a aimé un autre homme. Elle s'est battue pour retrouver sa fille et elle a élevé un fils.

— Mais je sais tout...

— Non, laissez-moi terminer. Je sais que vous savez, mais le fait de savoir n'est pas tout. Il faut apprendre à regarder les choses avec le cœur de l'autre quand on dit aimer. Connaître une chose et la voir avec le regard de l'autre sont deux vérités différentes. Surtout quand on parle d'une femme comme celle-là. Pas besoin d'être un fin psychologue pour comprendre que votre Cécile est une femme hors du commun. C'est une femme de douceur, une femme de paix. Une femme de volonté, aussi. Oui, c'est exactement ce que j'ai ressenti quand vous me l'avez présentée au printemps. Elle dégage de la paix. Mais rien de mièvre ou de fade. Sa douceur est sa force... N'oubliez pas tout ce qu'elle a vécu. C'est aussi une femme de carrière, une mère dans le sens noble du terme... Alors tout ce qu'elle mérite aujourd'hui, c'est votre respect. Apprenez à faire confiance. À lui faire confiance. Laissez-lui le temps d'apprivoiser les choses, ne fût-ce que le simple fait de vous savoir vivant. Elle a dû être bouleversée quand elle vous a retrouvé. On le serait à moins...

Pendant quelques instants, le silence est venu se poser en complice entre les deux hommes. Jérôme n'osait parler, espérant simplement que Don Paulo aurait envie de poursuivre. Puis le directeur s'est levé et est venu à la fenêtre. Le soleil était caché derrière le clocher de la chapelle, projetant un jeu d'ombre et de lumière dans la cour du monastère et jusque dans le bureau de Don Paulo. Le vieil homme s'est amusé d'un vol de pigeons qui ont fini par se poser sur la corniche. C'est alors qu'il a repris, revoyant très clairement dans son esprit le soir où Jérôme lui avait confié ses désirs.

— Vous venez de m'avouer que vous aviez l'impression qu'elle vous en veut. Vous avez probablement raison: elle doit vous en vouloir. Mais je peux comprendre cette réaction. C'est lourd un silence de quarante ans. Mettez-vous à sa place. Malgré cela, vous n'avez pas à vous sentir coupable de quoi que ce soit. C'est la vie qui a voulu ça et votre désir de bien faire. Je le sais, j'en ai été le témoin. Jamais je n'oublierai le regard que vous aviez le soir où vous m'avez fait part de votre intention de rester parmi nous. Jamais... Je sais que vous l'aimez. Autant qu'il est possible d'aimer quelqu'un. Et je sais que ce que vous avez fait, c'est pour elle. Mais ce n'est pas suffisant. Malheureusement, vous le savez comme moi, l'enfer est pavé de bonnes intentions.

Puis il s'est retourné vers Jérôme pour ajouter, l'œil moqueur:

— Je suis là qui parle et qui parle... Comme si j'y connaissais quelque chose...

Alors il a regagné sa place et a fixé longuement Jérôme avant de reprendre.

— Par contre, ce que je connais c'est la foi. Celle qui soulève les montagnes et rend heureux. Celle qui donne le pain quotidien et les mots à dire. Gardez la foi Jérôme! En Cécile, en vous, en la vie.

Faites confiance, comme Philippe savait le faire. N'oubliez pas que Philippe, c'est vous. Cet homme n'est rien d'autre qu'une facette de Jérôme. Laissez-lui un peu de place. Je suis certain qu'il saura vous guider. Comme il l'a fait pendant les longues années d'amnésie.

Au-dessus de nulle part, suspendu entre ciel et terre, il y a un homme qui s'appelle Jérôme Cliche et cet homme a envie de vivre. Comme jamais auparavant. Il va prendre la vie à pleine brassée et s'en gaver. Il a plus de soixante ans et n'a plus de temps à perdre. Il le sait. Mais cela ne lui fait pas peur. En lui, maintenant, il sent la force de Jérôme et la confiance de Philippe.

La foi lui est revenue, l'équilibre est fait...

Une surprise l'attendait à l'aérogare d'Ancienne-Lorette. Mélina est là, en compagnie de Judith. La vieille dame est toute souriante, excitée comme une petite fille à la veille de Noël. Dès que Jérôme traverse les douanes, elle trottine vers lui, le saluant du bras.

— Jérôme!

Elle joue du coude pour s'approcher de lui. Jamais elle ne l'avouera, mais elle vient de vivre le pire mois de sa vie. S'il avait fallu que son fils décide de rester en France! Jamais elle n'a eu aussi peur de le perdre. Alors, il n'était pas question pour elle de rester à la maison pour l'attendre. Les dernières semaines lui ont paru déjà assez longues comme ça.

— Excusez, monsieur, fait-elle, autoritaire, en se glissant devant un homme à la forte corpulence. C'est Jérôme, c'est mon fils...

Comme si ce fait expliquait tout! Puis elle a ouvert les bras et Jérôme l'a prise tout contre lui, souriant à sa sœur par-dessus la tête de Mélina. Et au coin des paupières de cet homme grisonnant, entremêlée à son sourire, brille l'eau tremblante du bonheur. Jérôme Cliche est de retour.

Et cette fois-ci, il sait que c'est pour de bon...

* * *

L'église est pleine à craquer. Les jeunes de l'école, les amis, les parents, les voisins ont tous voulu accompagner Marco à son dernier repos. François, à la demande des parents de Marco, se tient à leurs côtés. Impénétrable, comme impassible, il donne la main à la mère de son ami. Marco était fils unique...

André et Dominique se sont placés en retrait, discrets. Ils voulaient être présents mais en même temps, ils peuvent comprendre que leur présence peut sembler indécente aux yeux des parents de Marco. Ils n'ont pas perdu leur fils, eux.

L'homélie est simple, remplie d'émotion. Quelques jeunes lui rendent un dernier hommage, difficilement, la voix enrouée, les yeux brillants. On entend des sanglots et des reniflements. Marco était un adolescent ouvert, intelligent, sociable et qui faisait rager les professeurs par sa paresse et sa nonchalance. Il avait les atouts d'un gagnant. Et il a perdu. Dans l'âme de tous ces adultes qui l'ont croisé bat un même sentiment de révolte, d'impuissance, de culpabilité, de tristesse. Un

seul et unique mot hante les esprits: pourquoi? Il avait le monde et la vie devant
lui. Pourtant Marco n'a rien dit, rien laissé
voir. C'est François qui l'a découvert dans
un coin reculé de la cave froide et humide, baignant dans son sang, un éclat de
vitre sale près de sa main droite. François
voulait lui emprunter une cigarette... Une
heure auparavant, Marco lui avait dit qu'il
était fatigué et qu'il voulait dormir un peu.
Rien de nouveau: Marco avait toujours
envie de dormir quand l'effet de la drogue
commençait à s'estomper... Pendant plus
d'une heure, François était resté assis, le
regard vide, sans larmes ni cris, le dos appuyé contre le mur de ciment suintant et
glacé, la tête de son ami reposant sur ses
genoux. Puis il était sorti pour chercher
un téléphone public...

Depuis cet instant, il a gardé ce regard
vide, comme tourné à l'intérieur de lui-
même. Tout au long du trajet de retour,
il n'avait rien dit. Pas un mot. Assis à l'arrière de la voiture, il regardait le paysage
défiler sans aucune réaction, aucune
émotion apparente. Dominique et André

n'osaient intervenir, ne se parlaient même pas. André écoutait la colère qui bouillonnait en lui et l'envie qu'il avait de sermonner François. N'avait-il pas la preuve que la grande liberté de pensée des parents de Marco n'avait pas donné les résultats escomptés? Comment, de toute façon, peut-on croire qu'un jeune n'a plus besoin de balises, d'encadrement? Nonsens, balivernes... La leçon à tirer de tout cela lui semblait tellement évidente. Puis il a entendu une phrase que sa mère lui répétait souvent: «La colère est mauvaise conseillère, André...» Alors il n'a rien dit. Comme s'il était intimidé par cet adolescent qui ressemblait à son fils et ne savait comment l'aborder. En arrivant chez lui, François avait filé dans sa chambre, toujours aussi silencieux. À mots choisis, Dominique avait expliqué la situation à Frédérik qui s'était aussitôt mis à pleurer. Réaction saine, normale qu'André avait accueillie avec un soupir de soulagement, une inquiétude au fond du regard en pensant à son aîné. À Geneviève, ils ont simplement dit que François venait de perdre un ami dans un accident et qu'il avait besoin de se reposer. Il ne fallait pas faire trop de bruit pour quelques jours...

La cérémonie tire à sa fin. Le prêtre est à convier l'assemblée pour un goûter au sous-sol de l'église quand François se lève brusquement, tout vibrant.

— Non, s'il vous plaît, un moment...

Sa voix sonne étrangement claire dans l'immensité de la vieille église de pierre. Il est debout à sa place et ses mains agrippent le prie-Dieu devant lui. De sa place, Dominique peut voir qu'il tremble violemment, pauvre feuille d'automne, fragile dans la tourmente. Un grand silence s'est fait. Même le curé est immobile, une main posée sur le lutrin, le regard tourné vers l'adolescent comme s'il attendait un signal de sa part pour terminer les funérailles. François redresse les épaules et la tête avant de prendre une grande respiration et de se glisser devant le père de Marco pour remonter l'allée vers le chœur. Pendant quelques secondes, il semble se recueillir devant la tombe fleurie de quelques roses blanches. Puis il pose une main sur le cercueil tout en continuant de regarder intensément la photo de Marco qu'on y a déposée.

— Salut vieux frère... J't'oublierai jamais, même si j't'en veux parce que j'comprends pas pourquoi t'as fait ça. Tu m'as fait mal parce que t'as rien dit. Peut-être que j'aurais pu t'aider. Mais peut-être aussi que j'aurais dû deviner... J'sais pas... Mais t'es encore mon chum, j't'aime pis j'accepte ton choix. Si c'est ça que tu voulais, j'te souhaite bon voyage. Salut Marco. À bientôt...

La voix de François est calme, très forte et très douce à la fois. Personne ne bouge, les souffles sont suspendus. Par ces quelques mots, on dirait que François a appelé Marco et que ce dernier vient de se joindre à eux. Dominique et André se tiennent par la main, très fort, les doigts entremêlés. Curieusement, à nouveau, André se rappelle une expression que sa mère employait souvent: «Un ange a passé...» Une telle émotion a envahi l'église pendant que François parlait, qu'en soi, elle était présence... Elle est toujours présence... Dominique, quant à elle, fixe le dos de son fils, avec dans son âme un sentiment de paix tout nouveau. La sensation de culpabilité qui l'étreignait s'estompe tout doucement. Si François peut accepter, alors elle aussi le peut. De voir son fils respecter cet ami jusque dans la mort lui donne une sorte de courage. Comme il est grand, son François. Comme il est beau dans sa douleur et sincère dans son amitié. Car lui aussi, il aurait toutes les raisons du monde de se sentir coupable et avoir envie de se cacher. Mais au contraire, il se tient droit devant la tombe de son copain et avoue son impuissance aux yeux de tous. Comme s'il demandait pardon. Dominique est fière de lui. Et quand il se retourne face à l'assemblée pour regagner sa place, elle se tourne vers André, soulagée.

Le visage de François est inondé de larmes. Enfin...

* * *

La période des Fêtes approche à grands pas. Jérôme, un peu malhabile devant les fourneaux, n'en fait pas moins son possible pour aider sa mère. Car Mélina a décidé de faire les choses en grand pour le réveillon. Judith sera là, avec son mari et les enfants, et Cécile a promis de se joindre à la fête, même si, depuis son retour d'Europe, ils ne se sont parlé qu'au téléphone. Jérôme peut très bien comprendre que sa présence auprès de Dominique soit indispensable. Et tant qu'à regrouper toute sa famille autour d'elle, Mélina lui a même demandé d'inviter Dominique et les siens pour célébrer Noël avec eux.

— Pourquoi pas? a-t-elle lancé avec son gros bon sens habituel. Après tout, c'est ma petite-fille, non? Pis la maison est ben assez grande pour accueillir tout ce beau monde-là!

Et dans son regard brillait l'impatience de la connaître enfin! Alors Jérôme a transmis l'invitation à Cécile pour qu'elle puisse en faire part à Dominique.

Jamais Jérôme n'a vu sa mère aussi débordante d'énergie, aussi heureuse. À certains moments, il a même de la difficulté à suivre cette vieille dame qui trottine sans relâche, du matin au soir, entre l'armoire de la vaisselle des grandes occasions et l'évier pour tout faire reluire, entre le garde-manger et le poêle qui ne dérougit pas; entre la lingerie et la salle de lavage afin que les chambres soient fraîches pour les invités. Tourtières, beignes, biscuits s'empilent un peu partout dans la cuisine d'été, à l'arrière de la maison, juste au bout de la galerie. L'argenterie a été polie, les meubles du petit salon astiqués et les planchers cirés.

— Maintenant, il ne reste que les cadeaux, lance-t-elle décidée, à quelques jours de Noël, au moment où Jérôme pensait pouvoir enfin s'arrêter.

C'est vrai! À Noël, on donne des cadeaux... Le lendemain, ils partent pour Québec.

— Pas question de se contenter du petit centre d'achats de Sainte-Marie. Je veux des cadeaux qui viennent de la ville... Je veux des beaux cadeaux...

Et surtout pas question pour Jérôme d'émettre la moindre objection. Le regard que sa mère lui a jeté quand il a ouvert la bouche pour tenter de la raisonner a été très efficace. Il s'est donc contenté de soupirer de découragement... et il l'a suivie jusqu'à Québec, espérant secrètement qu'il pourrait peut-être profiter de l'occasion pour revoir enfin Cécile. Mais il se heurte au répondeur chaque fois qu'il tente de la rejoindre. Et pour ce qui est de savoir où elle se trouve... À l'hôpital, chez Dominique, dans les magasins elle aussi? Il en prend donc son parti. Sa joie n'en sera que plus grande dans quelques jours.

Enfin, tout est prêt! Le sapin scintille dans le salon, la couronne de gui de son enfance a repris sa place coutumière sur la porte d'entrée, la maison sent bon la cire fraîche et les petits plats de Mélina, et finalement, tous les cadeaux sont emballés. Dans deux jours, ce sera Noël!

— C'est à mon tour, maintenant, fait Jérôme, malicieux, en entrant dans la cuisine au matin du 23 décembre.

Mélina se tourne vers lui, les sourcils en accent circonflexe.

— Comment ça à ton tour?

Jérôme se fait volontairement évasif.

— Je m'absente pour la matinée.

Il n'en faut pas plus pour piquer la curiosité de Mélina.

— Pourquoi? Tu pars jamais tout seul comme ça, d'habitude... Pis dis donc l'avant-midi comme tout l'monde au lieu de la matinée... Matinée... Ça me fait penser à des cigarettes... J'aime pas ce mot-là...

Jérôme éclate de rire et l'embrasse sur la joue.

— Okay d'abord, même si moi je trouve que c'est un très beau mot, fait-il moqueur.

Puis exagérant l'accent de sa mère, il reprend.

— J'm'en vas pour l'avant-midi. J'ai des courses à faire moi aussi. Mais je ne t'en dis pas plus...

— Des courses, des courses, des commissions, peut-être? poursuit Mélina, faussement bourrue.

Elle ronchonne peut-être par le ton, mais son sourire est plein d'étoiles. Depuis le retour de Jérôme, elle a vraiment l'impression d'avoir retrouvé son fils. Il est plus simple, plus direct, plus accessible. Plus taquin aussi. Exactement comme dans le souvenir qu'elle gardait de lui. Un être droit, entier, sans détour et sans secret. Il n'a pas vraiment parlé de son voyage, hormis toutes les belles choses qu'il a vues et appréciées. Non. C'est simplement dans le ton et l'attitude que Mélina a senti la différence. Jérôme a beau être un homme d'âge mûr, c'est le gamin qu'elle reconnaît enfin. Celui qu'elle avait embrassé un certain matin de printemps, alors qu'il partait pour Valcartier faire son service militaire. C'est donc le cœur tout léger qu'elle regarde l'auto s'éloigner après le repas.

Si elle vient de retrouver le Jérôme qu'elle aimait, Cécile aussi saura le reconnaître, non?

Tout au long du rang qui le mène au village, Jérôme sifflote un petit air joyeux des Noëls de son enfance. Dans deux jours, Cécile sera là. Avec Dominique et sa famille. C'est confirmé. Un peu ému, il se redit pour la énième fois que ce sera une première dans sa vie. Sa Cécile et sa fille seront à ses côtés pour les Fêtes. Et même si le cadeau qu'il va offrir à celle qu'il aime ne sera pas exactement ce qu'il aurait souhaité donner, ce n'est pas grave. La bague viendra bien un jour. Depuis son retour, il en est persuadé. Les quelques appels faits à Cécile avaient une tout autre intonation. Si lui sent qu'il a changé, il n'est pas le seul. Cécile aussi lui semble plus ouverte, plus à l'image du souvenir qu'il avait toujours gardé d'elle. Sa voix est plus douce, plus posée malgré le drame qui traverse la vie de leur fille. Jérôme ne peut s'empêcher de sourire. Il reconnaît la Cécile de sa jeunesse. Elle a toujours été heureuse quand elle pouvait aider autour d'elle, Cécile. Il retrouve cette générosité qui faisait d'elle une femme particulière, même si parfois il n'a pas toujours compris ses élans du cœur. Le temps a pourtant fini par lui donner raison. C'est donc toujours en sifflant joyeusement qu'il stationne l'auto. Que pourrait-il demander de plus aujourd'hui? Il fait beau; un temps de carte de souhaits avec une belle neige lourde, en gros flocons mouillés. Tout est prêt pour le réveillon: il a le cœur à la fête et sa mère est heureuse comme il ne l'a jamais vue.

En arrivant dans le centre commercial, il s'arrête un moment pour s'orienter.

Il a besoin de trois cadeaux. Et il sait fort bien ce qu'il veut offrir à sa mère, à sa sœur et à Cécile. Sans hésiter, il prend le couloir à droite. S'il se rappelle bien, c'est dans cette direction que se trouvent la parfumerie et la bijouterie...

* * *

Depuis un mois, depuis l'enterrement de Marco, Dominique a l'impression qu'elle marche sur des œufs avec François. Les premiers jours, la moindre remarque provoquait des discussions interminables, des argumentations à n'en plus finir. André devait se tenir en quatre pour ne pas perdre patience. Pour François, ses parents n'y connaissaient rien, ne pouvaient surtout pas le comprendre, n'avaient pas à intervenir dans sa vie. La plus insignifiante parole prenait des proportions alarmantes, déclenchait des crises de larmes démesurées, des mouvements de panique injustifiés. Exactement comme si Dominique et André avaient délibérément cherché à le détruire, étaient l'ennemi à abattre. Seuls les amis de Marco pouvaient l'aider, ceux-ci partageaient une même peine. Puis François avait repris le chemin de l'école... et son rythme de vie habituel, traversant la maison en coup de vent.

Chaque semaine, tous les trois, ils doivent toujours rencontrer l'intervenant de la DPJ avec qui ils essaient d'élaborer une ligne de conduite qui pourrait satisfaire tout le monde. Mais il semble bien que ce soit peine perdue. François reste impénétrable, comme indifférent à ceux qui l'entourent, cachant sa peine, ne parlant qu'avec ses copains.

— J'ai un deuil à vivre et je vais le vivre avec ceux qui peuvent le partager avec moi.

L'intervenant dit qu'il comprend. Dominique et André aussi... jusqu'à un certain point. Ils sont tout à fait conscients de ce qu'il doit vivre. Perdre un ami dans de telles circonstances est un drame, pour François le choc est double et doit être terrible: c'est lui qui l'a trouvé, dans des conditions atroces. Mais raison de plus pour en parler avec des gens capables de l'aider. Pas seulement avec ses amis. Du moins, c'est ce qu'ils pensent. Comment d'autres jeunes, aussi bouleversés que lui, pourraient-ils lui venir en aide? C'est un non-sens. Pourtant François reste insensible à leurs propos. À un point tel, qu'ils ont finalement choisi de ne plus lui en parler. Ils en discutent uniquement en présence de l'intervenant. Dans ces moments-là, François consent à lever le voile sur ses émotions. Un petit peu, un tout petit peu. Autrement, il agit comme si rien ne s'était passé. Et cette attitude fait peur à Dominique et à André. Comme s'il leur servait une forme de chantage, qu'il n'était plus qu'une bombe à retardement, utilisant la mort de son ami pour les manipuler. «Attention! Si vous n'essayez pas de comprendre, si vous tentez de me retenir, je ne serai pas heureux et je pourrais faire la même chose!»

Dominique n'est plus que l'ombre d'elle-même, coincée dans des émotions de plus en plus ambiguës. Elle voudrait qu'il ne soit jamais là, l'air de la maison étant nettement plus respirable en son absence. Mais en même temps, elle ne respire plus lorsqu'il est parti car elle est morte d'inquiétude. Elle n'ose plus dire non, le contredire, ou lui faire la moindre remarque. Dominique a peur. De ce qu'il pourrait penser, de ce qu'il pourrait faire, de tout et de n'importe quoi. Surtout qu'ils savent très bien que leur fils n'a pas cessé de consommer. Comme si l'expérience vécue n'était pas suffisante pour mettre un frein à cette habitude. Et quand François est sous l'influence de ces maudites cochonneries chimiques, il n'est plus que l'ombre de lui-même. Irritable, impatient, méfiant, il refuse toute communication, s'en prend même à son frère et à sa sœur, profitant de la plus infime remarque pour foutre le camp. Dominique ne vit plus, sans cesse ébranlée par une culpabilité qui se manifeste à tous moments. Souvent, elle se dit qu'elle devrait être plus autoritaire. Dès qu'elle fait face à François, elle revient sur sa position, la peur l'emportant invariablement sur ses bonnes résolutions. Par contre, dès qu'elle a cédé, elle s'en veut croyant qu'elle achète la paix au détriment de son fils...

C'est dans cet état d'esprit qu'elle a accepté l'invitation transmise par Cécile et qu'elle se prépare pour les Fêtes. Elle a traversé les centres commerciaux comme une somnambule, se rappelle à peine du moment où elle a emballé les cadeaux. Elle attend ces quelques jours dans la Beauce comme on doit espérer l'oasis en plein désert. Ces gens qui n'offraient aucun intérêt à ses yeux jusqu'à tout récemment, ils sont devenus une espèce de planche de salut. Depuis que Gérard lui a parlé, Dominique espère sincèrement les rencontrer. Elle se dit que pour François aussi, cette diversion dans leur quotidien peut apporter un changement salutaire. Tout ce qu'elle veut, c'est l'éloigner d'ici, de ses amis. Ne fût-ce que quelques jours. Lui montrer de nouveaux horizons, l'obliger à rencontrer d'autres gens. Et c'est aussi valable pour elle et pour André. Ils en parlent ensemble, le soir avant de dormir. Tout lui paraît mieux qu'un statu quo... même si François hurle à tous vents qu'il n'est pas question pour lui de les suivre. Il ne connaît personne là-bas, n'est pas intéressé à les rencontrer et n'a pas du tout la tête à se réjouir. Mais pour une fois, Dominique est bien décidée à n'en faire qu'à sa tête. Surtout qu'à leur dernière rencontre à la DPJ, l'intervenant a tenté de démontrer à François, boudeur et hermétique comme une huître, qu'un peu d'autorité n'a jamais fait de tort à qui que ce soit. Lui aussi trouve qu'un peu de recul est probablement salutaire pour tout le monde.

Une lourde neige tombe sur la ville, décorant l'avenue en paysage de Dickens. Un peu malgré elle, Dominique sent l'esprit des Fêtes qui se faufile dans son esprit, se soudant à son habituelle inquiétude. Il y a une minute à peine, au réveil, quand elle a ouvert les rideaux, elle n'a pu retenir le cri de surprise qui lui est monté aux lèvres devant les arbres et les maisons coiffés de blanc. Pendant quelques instants, elle est restée immobile, laissant la paix du paysage glisser tout doucement en elle. Puis un petit ouragan en jaquette a envahi sa chambre.

— As-tu vu? As-tu vu, maman?

Sans attendre de réponse, Geneviève est venue se blottir contre elle.

— C'est beau, hein?

Toutes les deux, silencieuses, elles restent longtemps devant la magie d'une neige tombée les transportant dans un décor de théâtre féerique, simplement bien de la présence de l'autre. Et c'est là, sa fille lui entourant la taille de son bras, à quelques jours de Noël, que Dominique prend sa résolution du Jour de l'An. Elle va récupérer sa famille au complet, coûte que coûte. À commencer par François qu'elle va aimer comme il n'a jamais été aimé. Il va finir par comprendre. Puis il y a Frédérik et Geneviève. Eux aussi existent et ont besoin d'elle. Ce n'est pas parce que tout va bien pour eux qu'ils n'ont pas besoin d'être écoutés, aimés. Elle sent le souffle chaud de sa petite fille contre sa main et elle admet qu'elle les a négligés depuis quelque temps. Ils ne méritent pas cela. Et c'est peut-être par eux et avec eux qu'ils vont réussir à ramener François. C'est par la force tranquille et aimante de cette famille qu'elle a bâtie avec André qu'ils sauront le rejoindre. Lui aussi, il fait partie de cette famille. Et jusqu'à cet été, il semblait en être fier. Ils ont été heureux tous ensemble. Avec des hauts et des bas, comme dans toutes les familles du monde. Mais c'est normal. Ce n'est sûrement pas suffisant pour y tourner le dos, pour la boycotter comme François semble vouloir le faire. Puisant dans la présence de sa fille comme à un puits généreux, Dominique comprend qu'il est là ce courage dont elle a besoin. Il est dans ce passé qu'elle a construit avec amour et qu'elle va reprendre pour édifier l'avenir.

De surcroît, il y a plein de gens autour d'elle pour l'aider. Et Dominique sait qu'elle peut utiliser les ressources disponibles...

Les bagages s'alignent dans le hall d'entrée. Cédant à François qui a passé la nuit chez un ami, compromis parmi tant d'autres pour le convaincre de les suivre, ils n'attendent plus que lui pour aller chercher Cécile et prendre la route vers la Beauce.

— Mais qu'est-ce qu'il fait, sapristi... Il est presque onze heures...

André ne tient plus en place. Il déteste attendre quelqu'un qui n'est pas au rendez-vous fixé. On avait parlé de dix heures avec François... Il se décide d'un coup.

— J'en ai assez. Appelle Cécile pour lui dire qu'on va être en retard pendant que je mets les bagages dans l'auto, lance-t-il en mettant son manteau... Chez qui François devait-il coucher? On va aller le ramasser par la peau du cou s'il le faut...

Dix minutes plus tard, ils sont en direction de chez Patrick, l'indissociable du trio qu'ils formaient avec Marco. C'est la mère de ce dernier qui ouvre la porte à André.

— François? Bien sûr qu'il est ici. Il dort encore. Ils ont regardé des films une partie de la nuit et se sont couchés aux petites heures du matin... Un moment, je vais aller le prévenir...

Pendant quelques instants, André fait le pied de grue dans l'entrée, sa patience mise à rude épreuve pour une seule matinée. Puis il entrouvre la porte et fait signe à Dominique qu'il en a pour une minute avant de s'intéresser brièvement à une reproduction de peinture qui orne le mur. N'entendant toujours aucun signe de vie, il enlève ses bottes et se permet de faire quelques pas dans le hall.

— Madame Gendron? Est-ce que je peux venir? Nous sommes attendus et je sais que François est parfois difficile à ré...

C'est un cri étouffé qui lui répond. Essayant de s'orienter en direction de ce bruit, André parvient à rejoindre la mère de Patrick qui se tient penchée au-dessus du lit où repose François. Elle lève un regard angoissé vers lui.

— Il... il ne veut pas se réveiller... Il... il a vomi en dormant... Je... Mon Dieu, si j'avais su ce qui...

André n'a pas besoin d'en entendre davantage. En deux enjambées il est au chevet de son fils. La respiration de François est lente, laborieuse, son visage est blanc, presque cireux. Quand il essaie de le secouer, François n'a aucune réaction. Il n'hésite pas une seconde.

— Vite, une ambulance... Et vous devriez jeter un coup d'œil à votre fils... On ne sait jamais...

À partir de cet instant, André ne quitte plus François, hormis pour prévenir Dominique qui l'attend toujours dans l'auto. Curieusement, elle reste très calme et ne demande pas à le voir. Seul son teint pâle souligne son inquiétude. Puis elle part en direction de la maison pour y déposer Frédérik et Geneviève.

André accompagne son fils dans l'ambulance sous les regards atterrés de Patrick, mal éveillé, et de sa mère, complètement dépassée. Eux aussi devront se présenter à l'hôpital et Dominique doit venir les rejoindre le plus rapidement possible.

Overdose... On a fait un lavage gastrique à François et installé un soluté. Patrick n'a rien. Incapable de penser,

André reste au chevet de son fils, espérant la venue de Dominique à défaut d'autre chose.

Contrairement à ce qu'il prévoyait, c'est une femme très posée qui le rejoint finalement à l'hôpital. Elle vient jusqu'à lui et glisse sa main dans la sienne.

— Puis? Est-ce que le médecin est...

— Oui. Inquiète-toi pas... On lui a fait un lavage d'estomac... Le médecin dit que ses signes vitaux sont faibles mais stables... Il a dit aussi qu'un psychiatre doit venir tout à l'heure.

— Un psychia...

— Oui... Il paraît que c'est obligatoire dans un cas comme celui-là. Pour l'instant, on ne sait pas encore si c'est accidentel ou...

Une pression de la main de Dominique sur la sienne lui fait comprendre qu'il n'a pas besoin d'en dire davantage. De toute façon, il croit bien que les mots n'auraient pas réussi à passer. Il a la gorge serrée, le cœur à l'envers. François, son fils François, a peut-être voulu en finir avec la vie...

Pendant de longues minutes, Dominique et lui restent auprès de l'adolescent inconscient, main dans la main, comme lorsqu'ils le veillaient, bébé, quand il faisait une forte fièvre. Puis, tout doucement, Dominique se dégage.

— Je vais prévenir Cécile. Elle doit être morte d'inquiétude. Et elle doit aussi avertir Jérôme que nous n'y serons pas.

Au bout d'un moment de silence, elle ajoute:

— Tu sais André, je suis soulagée.

— Soulag...

— Oui, soulagée... Mais laisse-moi finir... Jusqu'à maintenant, je ne savais pas vraiment comment réagir face à François. J'avais toujours peur de trop en faire ou pas assez... J'avais peur de lui, de ce qu'il pourrait penser, de ce qu'il pourrait faire. Maintenant je sais et je n'ai plus peur... Maintenant, on a la preuve qu'il ne peut pas s'en sortir seul. Je le savais, toi aussi, mais pas lui. Avec un ado, il faut parfois passer par l'absurde pour faire comprendre les choses. On y est... Tu vas voir André: je suis certaine que ce geste, intentionnel ou pas, c'est le début de la fin. On ne peut pas aller plus bas. On ne peut que remonter... Maintenant, je vais prévenir Cécile...

* * *

Cécile est restée de marbre pendant que Dominique l'informait du changement de programme, la longue expérience du médecin prenant la place, la préservant du même coup de la douleur. Elle écoute Dominique religieusement, les sourcils froncés, imaginant facilement l'état de François, pensant déjà à ce qu'elle ferait, elle, dans un pareil cas. Puis Dominique semble vouloir s'excuser, comme si elle était responsable.

— ... Tu comprendras qu'il n'est pas question pour nous de quitter la ville dans de telles conditions. Je suis vraiment navrée mais...

— Mais qu'est-ce que c'est que cela? Tu n'as pas à être navrée, Dominique. C'est bien évident que votre place est avec François... Est-ce que le médecin lui a mis une perfusion? Oui? Parfait... Ne t'inquiète pas. J'ai l'impression que tout va bien se passer.

— Est-ce que tu pourrais prévenir Jérôme?

— Bien sûr... Je lui donne un coup de téléphone et je vous rejoins. Ne soyez pas...

— Mais ce n'est pas essentiel, tu sais. Ne gâche pas ton Noël pour...

— Un Noël sans toi, sans François et toute ta famille, ce n'est pas un vrai Noël.

Cécile est catégorique.

— Le temps d'appeler Jérôme et je suis là. C'est bien au CHUL, n'est-ce pas? Parfait, j'arrive. Si vous n'y voyez pas d'inconvénients, André et toi, nous pourrions demander à Denis de passer le voir. Mon fils est un excellent pédiatre. Pour le reste, on avisera plus tard. Le réveillon, ce n'est que dans douze heures. Je verrai... De toute façon, il y a aussi Frédérik et Geneviève. Ils ont droit à quelques réjouissances malgré tout...

L'appel à Jérôme est aussi bref que froid. C'est le médecin qui parle, celle qui est capable de faire abstraction de tout sentiment personnel quand le besoin s'en fait sentir. Avec le temps, à force de côtoyer la douleur humaine, Cécile a appris à fonctionner par réflexe. Elle ne permet aux émotions de refaire surface que plus tard, quand tout est sous contrôle. Et encore... S'il fallait qu'elle prenne sur elle toutes les misères qu'elle voit quotidiennement, elle n'aurait jamais survécu.

— ... et tu comprendras que je n'y serai pas non plus. Frédérik et Geneviève ont sûrement envie de faire un...

Jérôme est sans voix. Il écoute Cécile lui parler, aussi froide et détachée qu'une banquise et il n'arrive pas à comprendre. Bien sûr que Dominique et sa famille doivent rester à Québec. Et probablement Cécile aussi, pour l'après-midi. Mais ce soir? Et pourquoi lui parler comme s'il était un étranger dont on se débarrasse parce que trop encombrant? Jamais déception n'a été si grande. Il tente de l'interrompre, lui proposant peut-être une solution de rechange.

— Minute, Cécile... Je comprends tout ce que tu es en train de dire... Je suis vraiment désolé de ce qui leur arrive. Tu as raison: ta place est à l'hôpital pour le moment. Mais si tu vois que la situation est sous contrôle, tu pourrais peut-être nous rejoindre avec les deux plus jeunes?

Cécile hésite à peine une seconde avant de répondre.

— C'est bien gentil, Jérôme. Mais je crois que je suis obligée de dire non. Dominique ne voudra sûrement pas se priver de la présence de ses enfants. C'est déjà assez pénible comme ça. Et puis il y a Denis... Je sais que Dominique n'a jamais été très à l'aise devant mon fils. Je tiens donc à rester auprès d'eux.

— Bien sûr, il y a aussi ton fils...

— Oui, Denis est pédiatre au CHUL. S'il y a quelqu'un qui peut les aider, c'est bien lui: ça fait des années qu'il travaille auprès des adolescents.... Non, je regrette, Jérôme, mais ce ne sera pas cette année que nous allons passer Noël ensemble... Demain peut-être, mais ce n'est pas certain... D'habitude je soupe dans la famille de Denis, le soir de Noël... Je m'excuse. Et dis bien à Mélina que je suis vraiment navrée. Mais je sais ce que j'ai à faire. Je suis médecin et François a besoin de soins. Je ne pourrais pas rester à distance. J'espère que tu peux comprendre ça. Et pour ce qui est de Dominique, je crois savoir ce dont elle a besoin, en ce moment. C'est ma fille après tout...

«C'est ma fille après tout...» Les derniers mots de Cécile l'ont atteint droit au cœur. Jérôme murmure un pénible accord avant de raccrocher.

— Bien sûr, Cécile... Oui, je comprends.

«C'est ma fille... Ma fille...» Pendant quelques instants, il reste immobile, la main posée sur le récepteur, écoutant les mots qui se répètent en écho dans sa tête. Puis tout doucement, ils s'estompent, se fondent aux battements de son cœur qui frappe à tout rompre dans sa poitrine. Et lui? N'est-il pas le père de Dominique? N'a-t-il pas le droit de... Puis il pousse un long soupir. Son silence le rattrape. Encore et toujours. C'est Cécile qui a raison de parler comme elle le fait. De quel droit revendique-t-il une paternité qu'il n'a pas assumée?

À pas lents, sans faire de bruit, Jérôme regagne sa chambre, se laisse tomber sur son lit. Heureusement, Mélina se repose en prévision de la longue nuit qui vient. Pauvre Mélina! Elle sera sûrement déçue.

Puis il se tourne sur le côté en rabattant le couvre-lit sur ses épaules. Il ferme les yeux sur la blancheur trop crue que lui renvoie la fenêtre sans rideaux, ouverte sur la neige qui tombe. Pourquoi toute cette tristesse? Pourquoi? Il faisait si beau. Un temps de carte de Noël. Ce matin, il a même astiqué la vieille carriole pour conduire au village tous ceux qui auraient voulu aller à la messe de minuit. Et le cadeau qu'il voulait donner à Cécile, près de l'arbre illuminé... Demain, ce ne sera pas pareil. De toute façon, il sent très clairement en lui qu'il n'y aura pas de demain. Cécile ne viendra pas. Il le sait... Tout simplement parce que maintenant, Jérôme n'est plus du tout certain qu'il a encore une place dans la vie de cette femme. Sinon, elle l'aurait au moins invité à partager le repas avec son fils. Mais rien. Il ne savait même pas qu'elle prenait le souper de Noël avec Denis. Lui, pauvre naïf, pensait qu'elle venait dans la Beauce pour quelques jours... Et surtout, elle vient de le lui dire: il y a sa fille. Sa fille...

Il ramène la couverture encore plus étroitement contre lui. Tout ce qu'il veut en ce moment, c'est dormir. Même s'il sait qu'il ne dormira pas. Parce que son cœur bat trop fort, moteur désordonné et mal rodé. Il bat pour toutes ces années où Jérôme et Philippe réunis lui ont demandé de se taire.

PARTIE IV

La quiétude

9

L'hiver est particulièrement dur, cette année. Depuis une semaine, il fait froid à pierres fendre. Et à chaque jour, Dominique connaît la même crainte: celle de voir son auto refuser de démarrer. Parce qu'elle a formellement promis à François d'être là, avec lui, chaque matin, pour la visite du médecin et elle déteste ne pas remplir ses promesses.

Depuis sa tentative de suicide, l'adolescent s'est spontanément tourné vers sa mère. Surtout dans les premiers jours. Jamais Dominique ne l'a vu pleurer autant. Quand il a repris conscience, il tremblait comme une feuille, ne sachant où il était, ce qui s'était vraiment passé. Puis la mémoire lui est revenue. Il a revu toute cette poudre qu'il a prise, même si Patrick lui disait d'arrêter. Mais c'était plus fort que lui, comme s'il célébrait un rite. C'était là la seule façon qu'il avait trouvée, depuis un mois, pour oublier tout en se sentant plus près de Marco. Il se rappelait très clairement de s'être dit, au beau milieu de la nuit, qu'il n'en pouvait plus. La drogue déformait ses pensées, les faisant virevolter, incohérentes, immenses. La peur, la douleur étaient omniprésentes. Il ne voulait plus avoir mal, il ne voulait plus se répéter, lancinante litanie, qu'il était responsable de la mort de son ami. Puis il avait pensé à tout cet argent qu'il devait, aux menaces qu'on lui a faites. Alors il a fait taire Patrick, lui disant qu'il savait ce qu'il faisait, et il a fini de prendre le reste. Tant pis. Tant pis pour tout et tant mieux si sa souffrance pouvait avoir une fin... Après, il ne se rappelait plus rien. Et maintenant, il était là, sur un lit d'hôpital. Rien n'avait changé, sinon que sa peur était encore plus forte au grand jour. Alors il s'était jeté dans les bras de Dominique, sous les regards soulagés de Cécile et d'André.

— Maman...

Elle l'a laissé pleurer tout son saoul. Puis quand il a commencé à se calmer, elle l'a longuement regardé, jusqu'au fond de l'âme, avec tout son amour. Elle se sentait forte, capable de démolir des murailles, capable de réinventer le monde s'il le fallait. André était près d'elle, un bras passé autour de ses épaules. Elle sentait sa chaleur et y puisait toute sa force. À deux, ensemble, rien ne lui semblait impossible. C'est alors que François s'était enfin décidé à parler. De tout ce qu'il avait à l'intérieur de lui. Ses émotions sortaient en cascades violentes, sans suite logique, la peur et le soulagement entremêlés.

— Je... j'veux pas mourir, maman. Mais en même temps, j'veux pas continuer... Pas comme ça. C'est trop dur... c'est trop dur de vivre sans Marco... Je... je le vois partout. J'ai l'impression qu'il m'appelle. J'voudrais tellement que ça soit pas arrivé. Pourquoi? Pourquoi j'ai rien vu, rien senti? C'était mon ami. J'pensais qu'on se disait tout. J'ai peur, maman, j'ai peur de pas être capable de continuer...

Tout en parlant, il regardait intensément ses parents. Il savait qu'il avait besoin d'eux. Que seul, il n'y arriverait pas.

Mais il ne connaissait ni les mots ni la façon de le dire. Ce n'était qu'une intuition, la vague impression que son instinct de survie parlait en lui. Il avait surtout besoin de sentir qu'il avait de l'importance aux yeux de quelqu'un. Savoir qu'on l'aimait... Puis il a aperçu Cécile, discrète, se tenant dans un coin de la petite pièce entourée de rideaux qui l'isolent du reste de la salle. Alors il lui a tendu la main.

— Mamie...

Puis il a fait un tout petit sourire. Le premier depuis toutes ces semaines... Cécile s'est approchée du lit et l'a pris tout contre elle, en tenant la main de Dominique. Et à cet instant, le médecin n'existait plus en elle. La mère et la grand-mère guidaient ses gestes et son cœur...

François est hospitalisé depuis plus d'un mois. Denis, le fils de Cécile est son médecin traitant, en compagnie du docteur Cimon, pédopsychiatre. Tout doucement, il réapprend à vivre, à analyser ses émotions, à tenter de les rationaliser. Et il va mieux. On parle même de lui donner son congé d'ici la fin de la semaine. Par contre, les médecins sont formels: François est très fragile, vulnérable. Il aura besoin de soutien pour un long moment. On parle même d'une cure de désintoxication pour commencer. Parce que les dangers de rechute sont importants. Mais sur le sujet, François reste évasif.

— Ça va mieux, là... On verra le reste plus tard... J'suis pas encore rendu là...

Quand il quitte finalement l'hôpital, François a en main une prescription pour un médicament qui va l'aider à se détendre; il devra se présenter une fois par semaine au bureau du psychiatre et revoir l'intervenant de la DPJ dans les plus brefs délais. Même si sur ce point, Dominique et André semblent sceptiques.

— Pour ce que ça a donné...

Ils sont dans le bureau du docteur Cimon et peuvent parler plus librement qu'en présence de François. Denis aussi est avec eux. C'est lui qui interrompt André.

— Je ne suis pas d'accord... Avec ce qui vient de se passer, ils ont maintenant une force d'action qu'ils n'avaient pas avant. Et un bon pouvoir de persuasion. Faites-leur confiance: ils en ont vu d'autres. Je suis persuadé qu'une bonne partie de la solution va passer par eux.

À la maison, Dominique a organisé un petit souper de fête pour le retour de son fils. Rien de trop évident, car il faut ménager la susceptibilité de François qui est toujours à fleur de peau. Elle a tout simplement invité Cécile à se joindre à eux et a préparé les plats que François préfère.

Encore une semaine de repos puis François pourra retourner à l'école. Tous, chacun à leur façon, espèrent que la vie reprendra peut-être un rythme normal. Et en observant son petit-fils à la dérobée, se réjouissant de le voir dévorer tout ce que sa mère lui présente, Cécile se dit qu'elle va enfin pouvoir s'absenter quelques jours. Il lui tarde de revoir Jérôme...

* * *

Sincèrement, Jérôme était persuadé qu'il allait vivre le plus beau Noël de sa vie. Il était heureux à la pensée que Cécile,

Dominique et sa sœur seraient avec lui. La joie toute simple de sa mère, cette façon bien à elle, un peu naïve de voir les choses, faisait chaud au cœur. Puis il y avait eu l'appel de Cécile et sa joie à lui s'était emmêlée à la neige qui recouvrait la campagne comme d'un linceul. Quand il avait rejoint sa mère à la cuisine, quelques heures plus tard, il n'avait fallu qu'un seul coup d'œil pour qu'elle comprenne que ça n'allait pas. Elle avait fixé le dos de son fils, occupé à se servir un verre d'eau, avait haussé les épaules et, tout en sortant la nappe du tiroir, elle avait lancé:

— C'est Cécile?

Jérôme avait suspendu son geste pour un instant. Puis il avait acquiescé dans un souffle.

— Oui... Qui te l'a dit?

— Personne... C'est juste que j'te connais comme le fond de ma poche.

Puis elle avait eu un petit rire, gentiment moqueuse.

— Oublie pas, mon gars, que c'est moi qui t'ai tricoté...

Et sans plus, elle s'était rendue dans la salle à manger, cette ancienne chambre, en retrait à l'arrière de la maison et qui ne sert qu'en de très rares occasions. Et de loin, elle a ajouté, tout simplement:

— À voir la face que t'as, je devine que Cécile viendra pas... Elle a sûrement ses raisons.

Jérôme n'a pas répondu. Il s'est contenté de terminer son eau et s'est retourné, les reins appuyés contre le comptoir. Mélina est revenue dans la cuisine.

— Viens m'aider à sortir la vaisselle du buffet. C'est lourd pour moi...

— Pourquoi te donner tout ce mal? Dominique non plus ne sera pas là. Finalement, il n'y a que Judith qui...

— Et après? Judith aussi, c'est quelqu'un d'important. Et ce soir c'est Noël. Pour elle, pour sa famille, pour moi et pour toi aussi.

— Pour moi? Comment veux-tu que je...

Mélina n'avait pu retenir un soupir.

— J'aime pas le ton de ta voix, Jérôme. T'es plus un enfant. À l'âge que t'es rendu, tu devrais savoir qu'il y a de ces choses, dans la vie, qu'on comprend juste après.

— Je ne vois pas pourquoi tu me dis ça, maman. Et je ne vois surtout pas ce que vient faire mon âge là-de...

— Pauvre Jérôme... Je dis pas que t'as pas l'droit d'être déçu. J'peux très bien comprendre ça. Cécile viendra pas pis Dominique non plus. C'est dommage. Moi avec ça m'fait d'la peine. J'aurais sincèrement aimé que tout mon monde soit là. Moi avec, chus déçue. Mais ça viendra pas gâcher mon plaisir, par exemple. Parce que j'fais confiance. Si Cécile a décidé de rester à Québec, c'est sûrement que c'est important. C'est pas une girouette Cécile, c'est pas une tête folle. Ça fait que t'as pas à juger ses choix ni à critiquer ses décisions... T'as juste le droit d'être déçu. Mais pas plus...

— Maman, maman... Tu crois sincèrement que j'en suis là? Oublie la déception, un moment. Il y a tellement plus que cela et tu devrais le comprendre. Il y a moi, maman... Moi, je ne compte donc pas pour...

Mélina s'est approchée de lui. Elle a mis sa main sur le bras de son fils, l'obligeant à la regarder.

— Il me semble qu'on a déjà eu cette conversation-là, Jérôme. C'était il y a bien longtemps. Au printemps, sur la galerie. Cécile venait de t'annoncer qu'elle avait décidé de rester encore un boutte chez son père. Pour s'occuper du petit Gabriel... Pis toi, t'étais en colère, tu comprenais pas. J'me rappelle de t'avoir dit qu'y faut regarder plus loin qu'les apparences... Ouais, c'est en plein d'même que j't'avais dit ça. Pis j'me rappelle avec que j't'avais dit qu'il y a des affaires, dans la vie, que même si on fait toute pour les arranger, on dirait qu'y a quelqu'un qui s'amuse à les détricoter en arrière de nous autres. C'est l'destin, j'crois ben. Pis ça, y a pas personne qui peut y échapper. Oublie jamais ça, Jérôme. Pis laisse jamais la colère ou ben la rancune te servir de guide. Ça donne jamais du bon, la rancune. Jamais...

Sans attendre de réponse de la part de Jérôme, considérant qu'il n'y avait rien à répondre, Mélina s'était dirigée vers le buffet, encore une fois.

— Astheure, tu vas m'sortir le coffre à argenterie. Y'est pesant sans bon sens. Pis donne-toi la peine de réfléchir à c'que j'viens de te dire. Ça a plein d'allure, tu vas voir. Dis-toi ben que moi, Mélina Cliche, c'est d'même que j'ai faite ma vie pis j'suis certaine qu'y a pas d'autres façons de faire pour être heureux. Vraiment pas d'autres...

Jérôme était resté pensif un moment. Puis il s'était détourné pour saisir le lourd coffre de bois, posé sur la tablette du haut, dans le buffet. Et d'une voix plus douce, plus sereine, il avait répondu:

— Promis, maman. Je vais repenser à tout ce que tu viens de dire.

Alors Mélina lui avait souri.

— J'savais... Profite donc de l'occasion pour apprendre à mieux connaître ta sœur... Tu vas voir: vous êtes pareils, vous deux...

Et c'est ce que Jérôme a fait. Judith et sa famille ont passé trois jours à la ferme et il a tout fait pour oublier que ce Noël ne ressemblait pas à ses désirs. Il s'est intéressé à son beau-frère, a passé des heures à jaser avec Judith, s'est amusé avec son neveu et ses nièces. Et finalement, leur séjour a passé à folle allure, à travers les rires et les promenades. La carriole a bel et bien servi pour la messe de minuit et avec Claude, le mari de Judith, Jérôme a ressorti du fond d'un hangar une vieille motoneige, jaune et noire, qui a accepté de fonctionner comme une jeune... enfin presque. Et quand l'auto de Judith a disparu en haut de la butte, Jérôme a admis qu'il venait de passer un des plus beaux Noëls de sa vie. Et il le disait sans aucune arrière-pensée...

* * *

Cécile a pris la route dès son déjeuner avalé et Gudule remis en pension chez sa voisine. Début février, le temps réservait une agréable surprise. Il fait doux, comme au temps des sucres, et le soleil brille de mille feux sur la neige qui scintille près de la rivière. Cécile a choisi de prendre l'ancien chemin, celui qui traverse les villages. Elle conduit lentement, se sentant presque en vacances. Avant de quitter l'appartement elle a appelé Dominique qui lui a confirmé que François avait bien repris le chemin de l'école. À dix heures, elle a rendez-vous avec le directeur, en compagnie d'André et de son fils, pour voir comment ils vont pouvoir s'y prendre pour récupérer le temps perdu. Et François semble vraiment coopératif. André lui a promis de régler ses dettes de drogue si celui-ci se remet sérieusement à ses études et s'il promet de ne plus consommer. Et François a promis... Dans deux jours, ils doivent rencontrer l'intervenant de la DPJ pour tenter de trouver la meilleure manière d'aider François. On parle toujours d'une cure de désintoxication, même si sur le sujet l'adolescent est nettement plus rétif. Il est persuadé qu'il est capable de s'en sortir seul. Malgré cela, Dominique semblait confiante et Cécile a décidé d'oublier tous ces problèmes pour quelques jours. Alors elle se laisse aller à la joie toute simple d'une belle journée d'hiver qui ressemble au printemps. Il lui tarde de revoir Jérôme.

Quand elle arrive enfin en haut de la butte qui mène à la grande maison blanche et rouge, Cécile aperçoit Jérôme, près de la grange aujourd'hui désaffectée, penché sur ce qui lui semble être une vieille motoneige dont le capot est rabattu. Elle appuie donc joyeusement sur l'avertisseur de l'auto pour qu'il sache qu'elle est arrivée puis vient se ranger tout près de la maison. Mélina, alertée par le klaxon, paraît à la fenêtre et lui fait signe de la main, toute souriante. Jérôme s'est redressé. Reconnaissant la voiture de Cécile, il abandonne aussitôt son travail et se dirige vers l'autre extrémité de la cour, en essuyant ses doigts tachés sur une guenille qui ressemble étrangement à une vieille jaquette. Sans un mot, il vient jusqu'à Cécile, laisse tomber le torchon sur le sol et la prend dans ses bras. Il la tient très fort contre lui pendant un instant puis l'écarte en laissant ses mains sur ses épaules. Son visage est plissé de sourires. Alors il se penche et lui plaque deux gros baisers sonores sur les joues.

— Joyeux Noël, Bonne Année...

Puis au bout d'une autre série de baisers, il ajoute:

— Et bonne Saint-Valentin, au cas où...

Le ton est malicieux, mais Cécile devine tout de même le léger reproche derrière la boutade. Elle admet que Jérôme puisse avoir raison. C'est vrai qu'elle l'a négligé depuis quelques mois. Alors elle se hisse sur la pointe de ses bottes et, à son tour, elle l'embrasse.

— Joyeux Noël et Bonne Année...

Puis taquine, elle s'écarte et lance par-dessus son épaule en s'éloignant vers son auto:

— Pour la Saint-valentin, je le garde en réserve... Au cas où...

Elle attrape son léger bagage d'une main alerte, referme la portière d'un geste vif et repasse devant Jérôme sans le regarder.

— Est-ce que tu retournes à ta mécanique ou si tu te joins à nous pour prendre un bon café? J'ai hâte d'embrasser ta mère. Je me suis beaucoup ennuyée d'elle...

Le ton est toujours aussi espiègle. Même si au contact du visage de Jérôme contre

le sien, son cœur s'est mis à battre encore plus vite. Pourtant, avant de gravir
l'escalier, elle s'arrête un instant, dépose
son sac de voyage sur la première marche,
pivote sur elle-même et revient vers lui.
Elle n'a plus envie de faire semblant. Il
lui semble qu'en ce moment, derrière la
blague, se joue un moment important
entre eux. Alors, posant une main sur la
poitrine de Jérôme, elle regarde tout autour d'elle, les yeux mi-clos, l'air grave et
sérieux.

— Dieu que c'est beau, ici...

Et dans sa voix se coule l'intonation
de qui le constate une première fois.
Exactement comme si elle venait tout juste
d'en prendre conscience. Elle prend alors
une profonde inspiration et lève les yeux
vers Jérôme.

— Je te jure que plus jamais je ne vais
rester si longtemps sans venir... Plus jamais... Tout cela m'a tellement manqué...
Tu m'as tellement manqué...

Et glissant sa main gantée dans la
sienne, Cécile l'entraîne vers la maison
où Mélina vient d'ouvrir la porte...

Ils ont passé une bonne partie de l'après-midi, en motoneige, à faire la navette le long du champ. Cécile avait l'impression de retourner dans le temps. Elle est à nouveau une gamine qui n'a d'autres préoccupations que de penser à elle. Que de vouloir être heureuse et d'avoir à portée de main tout ce dont elle a besoin. C'est pourquoi, au moment où Jérôme se dirige vers le hangar, Cécile se penche vers lui et lui crie à l'oreille pour contrer le tintamarre du vieux moteur:

— Est-ce qu'on pourrait se rendre chez Paul par les champs?

Il lui semble que sa joie ne saurait être complète sans une petite visite chez ses frères. Eux aussi ils lui ont beaucoup manqué pendant les Fêtes. Jérôme a détourné la tête et à son tour, il crie:

— Chez Paul?

— Oui... À travers champs...

— Accroche-toi... On y est déjà.

Sans hésiter, Jérôme relance le moteur et tourne à sa gauche. Le soleil est à peine plus haut que la ligne d'horizon et la neige en est presque rose. Le boisé de sapinage qui sépare sa terre de celle des Veilleux étire une ombre longue et mauve sur la brillance du champ. Cécile a l'impression de s'enfoncer dans une carte postale vantant les mérites de l'hiver québécois. Un vent léger s'est levé et un frisson de neige folle court au-devant de la motoneige qui file à fière allure. Alors, fermant les yeux à demi, elle se cramponne à la taille de Jérôme, appuie la tête contre son dos. En ce moment, elle irait jusqu'au bout du monde avec lui s'il le demandait... En ce moment, elle est heureuse comme elle ne pensait jamais qu'elle pourrait l'être à nouveau...

Paul et Gabriel sortaient justement de la grange quand Cécile et Jérôme arrivent dans un assourdissant bruit de moteur fatigué et d'odeur de vieille huile. Reconnaissant aussitôt sa sœur, Paul s'élance vers elle, exubérant, un peu comme Gérard sait l'être, suivi d'un Gabriel nettement moins expansif. C'est un célibataire endurci, Gabriel, taciturne et renfermé. Il n'y a qu'avec sa nièce Caroline qu'il accepte de sortir de sa réserve. Cette petite fille née

beaucoup trop tôt et qu'on avait ré-
chappée par miracle avait immédiatement
touché l'homme solitaire. Pour quelle
raison, Gabriel l'ignore. Il se dit que c'est
probablement parce que lui aussi a eu à
se battre pour s'accrocher à la vie quand
il était nouveau-né. Peut-être... Gabriel ne
saurait vraiment le dire. Chose certaine,
quand il avait appris que la petite dernière de son frère Paul n'avait que peu
de chances de s'en sortir, il s'était rué à
l'hôpital. Pendant plus d'un mois, il s'était
fait un devoir d'aller la voir tous les soirs.
Chaque fois, il restait immobile devant la
vitre de la pouponnière et il regardait
cette minuscule poupée qui respirait péniblement, acharnée, le corps relié à la
vie par de nombreux fils. Il lui semblait
essentiel d'être là. Comme s'il n'y avait
que lui capable de faire comprendre à ce
tout petit bébé à quel point il est important de lutter. À quel point la vie peut
être belle... Et quand les médecins l'avaient
déclarée hors de danger et que Paul lui
avait demandé s'il acceptait d'en être le
parrain, une curieuse émotion avait fait

briller son regard. Puis il avait bombé le torse en respirant à fond, heureux et fier comme un paon. Depuis ce jour, jamais parrain n'a pris son rôle avec autant de sérieux... Caroline est pour lui la fille qu'il n'aura probablement jamais...

Cécile s'est élancée au-devant de Paul qui la soulève de terre en la faisant tourner dans ses bras. Puis Jérôme arrive et Gabriel aussi. Alors Paul repose Cécile sur la neige durcie de la cour, piétinée par des milliers de va-et-vient journaliers.

— Enfin... Si tu savais comme tu nous as manqué pendant les Fêtes... V'nez, restons pas là à faire racines, entrez... C'est Huguette qui va être contente de t'voir...

Mais alors qu'ils se dirigent tous ensemble vers la maison, Paul s'arrête un instant et se retourne vers Cécile.

— Veux-tu ben m'dire c'qu'y avait de si grave pour que tu restes à Québec comme ça? C'est ben la première fois que t'es pas avec nous autres pour tout le temps des Fêtes...

Pendant un instant, Cécile a l'impression que le temps s'arrête autour d'elle.

Curieusement, comme un refus de l'esprit, elle avait volontairement éludé cette question. Comme s'il était naturel qu'elle ne pense pas aux siens pendant cette époque de l'année, elle s'imaginait vaguement, sans vraiment s'y attarder, que tout le monde accepterait sa décision et qu'on n'aurait jamais à y revenir. Mais voilà que Paul... Rougissante, Cécile lève la tête vers Jérôme. Elle a l'air tellement fragile, démunie. Comme une enfant perdue dans la foule et ne sachant vers qui se tourner. Une eau limpide tremble au coin de ses paupières. Quand le regard de Jérôme croise celui de Cécile, la lumière jaillit pour lui. À l'exception de Gérard, personne ne connaît l'existence de Dominique dans la famille de Cécile. Oui, là, maintenant, il comprend les silences de Cécile, ses retraits soudains et ses fuites qu'il disait volontaires. Et cette façon aussi qu'elle a souvent de contourner les situations, de les transformer, de les aménager... Comment, comment se fait-il qu'il n'y ait pas songé avant? C'est pourtant si évident... Alors entourant ses épaules d'un bras protecteur, il lance à Paul qui s'est remis à marcher:

— Ta sœur est médecin... Toi et moi, nous n'y connaissons rien. Mais sûrement que ce métier est beaucoup plus exigeant que tout ce que l'on peut imaginer...

À ces mots, Paul a ralenti l'allure et se retourne vers Jérôme, les sourcils froncés. Il a la très nette impression que ce n'est là qu'une demi-vérité. Parce que, si tel était le cas, Cécile le lui aurait dit elle-même franchement, sans détour. Et surtout, elle n'aurait pas les yeux brillants de larmes retenues. Retenant les mots qui lui viennent à l'esprit, il reprend sa marche vers la maison. Plus tard... On y verra plus tard...

Finalement, Jérôme et Cécile sont restés manger chez Paul. Le repas tire à sa fin. Les trois nièces de Cécile viennent de quitter la table, bruyantes comme peuvent l'être des adolescentes. Gabriel a sorti sa pipe, en soupirant de contentement, lui qui n'aime vraiment que le silence et la tranquillité. Huguette est à servir les cafés. Pendant le souper, ils ont parlé de tout et de rien. Des projets de Paul qui aimerait construire une maternité pour les porcs et de Gabriel qui n'est pas vraiment emballé par cette idée. Du temps doux qui donne un répit bienvenu dans le cours de ce long hiver et de la neige incroyable qui est tombée à Noël. De Gérard qui doit venir à Québec la semaine prochaine, pour le Carnaval et du temps des sucres qui sera là dans un peu plus d'un mois. Puis le silence est tombé comme s'il n'y avait plus rien à dire. Huguette sert les cafés. Chacun se concentre sur sa tasse... Cécile sent bien que la question que Paul lui a posée tout à l'heure est toujours en suspens, quelque part dans la pièce, rendant superficiels tous ces propos tenus pendant le repas. Elle voudrait tellement pouvoir tout leur expliquer, leur raconter cette parcelle de vie qui a tout bouleversé pour elle comme pour Jérôme. Elle voudrait avoir le courage de leur dire ses déceptions, ses espoirs, ses tristesses et ses joies. Et elle sait que Paul et Gabriel comprendraient. Puis, mentalement, elle hausse les épaules.

Comme s'il y avait quelque chose à comprendre... Il n'y a rien à comprendre. Pas plus qu'il n'y a à juger, à accepter ou à refuser. Dans le fond, c'est tout simple: il n'y aurait qu'à dire pour être écoutée. Mais voilà! Les mots se refusent. Elle n'entend que cette crainte idiote qui la retient depuis toutes ces années. Comme si le jugement de son père pouvait à nouveau la rejoindre à travers le regard de ses frères.

Paul tient sa tasse à deux mains et fixe le breuvage chaud qu'il prend habituellement noir. Il souffle machinalement sur le café fumant, et dans ce geste, Cécile retrouve son père. Avec les années, Paul ressemble de plus en plus au souvenir qu'elle garde d'Eugène. Sinon que son frère est nettement plus ouvert, plus volubile. Mais quand il se tient en retrait, silencieux comme maintenant, c'est Eugène qu'elle revoit. Celui qui avait tranché dans sa vie comme on découpe une tarte, en parts bien distinctes. Instinctivement, elle relève le front et balaie la pièce du regard. La cuisine n'a pas vraiment changé. La vaste pièce de bois sombre est toujours identique à celle de sa jeunesse. Même poêle à bois, dans le coin, même longue table d'érable verni, doré et patiné par tant de mains au fil des ans. Cécile est là, assise près de Jérôme et le temps n'existe plus. Elle regarde son frère et revoit son père. Elle a dix-huit ans et elle est amoureuse. Elle a dix-huit ans et elle est enceinte. Elle vient de parler mariage et son père lui a dit l'attente. Elle voudrait tant se lever et lui dire tous ces mots qui virevoltent en elle, toute cette conviction, tout cet amour, tout cet espoir devant la vie. Devant sa vie. Mais Cécile n'arrive pas à parler. Parce qu'en elle, il y a aussi la peur de cet homme farouche et autoritaire qu'est Eugène Veilleux. Et à cause de cette même peur, elle voudrait que Jérôme parle à sa place mais en même temps elle veut qu'il se taise... C'était il y a plus de quarante ans. Sa main tremblait dans celle de Jérôme. Et encore ce soir, sa main tremblante est abandonnée dans celle de Jérôme.

Tout au long du repas, c'est à peine si Jérôme a participé à la conversation. Il ne cessait de revoir le regard de Cécile, éperdu, bouleversé quand Paul lui avait parlé. Cette douleur qu'il avait sentie, cette tristesse aussi, en même temps qu'une si grande espérance devant la chance qu'elle aurait pu saisir pour enfin lever le voile sur ce secret si lourd à garder, malgré le passage du temps. Et maintenant, il sent que Cécile tremble encore. C'est alors que passé et présent se rejoignent. Il est temps qu'elle sache qu'elle peut compter sur lui. Il est temps qu'il reprenne la place qui aurait dû être la sienne. Alors refermant ses doigts sur la paume de cette main dont il a tant rêvé quand il était en France, il se met à parler. Comme il aurait dû le faire, il y a de cela tant et tant d'années. Il va enfin briser le mur de toutes ces années de silence. Parce qu'il en a le droit. Parce qu'il en a le devoir. S'éclaircissant la voix, il se tourne vers Paul. Leurs regards se croisent, comme si le frère de Cécile attendait ce geste. Une parole qui s'enchaînerait tout naturellement à la question qu'il a osé formuler.

— Paul, tout à l'heure, dans la cour,

tu as demandé à Cécile pourquoi elle n'était pas venue à Noël... Elle ne t'a pas répondu. Et moi, finalement, j'ai dit n'importe quoi... Tout au long du repas, c'est à cela que je pensais. Et je crois que tu as droit à la vérité.

— Jérôme, non... s'il te plaît.

À ces mots, Cécile s'est remise à rougir, comme une enfant prise sur le fait, faisant l'école buissonnière... Jérôme la regarde longuement, puis il porte sa main à ses lèvres, sans la quitter des yeux, ignorant pour un instant l'éclat qui a traversé le visage de Paul.

— Non, Cécile, je ne me tairai pas. Il y a longtemps, je l'ai fait, croyant que ce secret t'appartenait. Je me trompais. Il m'appartient à moi aussi. Alors je vais parler. Pour toi, pour nous. Je te demande tout simplement pardon de ne pas l'avoir compris plus tôt. De n'avoir rien fait quand il était temps d'agir, de n'avoir rien dit quand il était temps de dire les choses. Oui, Cécile, je te demande pardon. Parce qu'il n'y a qu'une seule vérité: je t'aime. Je t'ai toujours aimée, quoi que tu en penses. Mon silence n'a été à mes yeux qu'une preuve d'amour. Malhabile, j'en conviens. Mais sincère... Alors dis-toi que tous ces silences qui ont jalonné ma vie resteront à jamais gravés en moi comme étant mes plus grands regrets. Aujourd'hui, je veux rattraper le temps perdu. Prends ces quelques mots en gage de respect pour toi, pour la vie qui aurait dû être la nôtre. Prends-les en gage d'admiration pour tout ce que tu as vécu, seule.

Cécile est bouleversée. De grosses larmes coulent sans retenue sur ses joues. Les années n'existent plus. Il n'y a qu'elle et Jérôme et la vie devant eux. Elle voudrait se blottir contre lui. Là, maintenant, sans attente ni délai. À peine quelques mots, et elle a retrouvé cette confiance qu'elle avait en lui, ce besoin de lui, cachés dans quelque recoin obscur du souvenir. Mais Jérôme a détourné la tête. C'est en regardant Paul droit dans les yeux qu'il reprend, d'une voix très douce:

— Paul, tu étais assez vieux à l'époque pour te souvenir de ce voyage que Cécile avait fait à Québec. Ton père disait qu'elle devait se reposer parce que la tâche était lourde, ici, à aider votre mère. Cécile a donc vécu chez la tante Gisèle pendant près de six mois.

— Ben sûr que j'me rappelle... C'était à la Saint-Jean-Baptiste...

À la mention de ce détail, Jérôme esquisse un petit sourire. À son tour, il a l'impression de remonter dans le temps. C'était l'été et il faisait chaud, très chaud. Il faisait un temps de canicule dont on se souvient longtemps, dont on parle pendant des générations. La pression de sa main sur celle de Cécile se fait plus forte. Comme s'il voulait lui demander si elle se rappelle, elle aussi. Comme s'il avait à la protéger.

— Bonne mémoire, Paul. Tu dois donc te souvenir qu'il était question de mariage entre Cécile et moi, à cette même époque. On devait se marier en avril suivant pour que je puisse éviter la conscription et l'armée... Puis l'été a passé. L'automne... Cécile nous est revenue à peu près au moment où Jeanne est décédée, justement au moment de ta naissance,

Gabriel, ajoute-t-il en se tournant vers le frère de Cécile qui l'écoute attentivement, tirant machinalement sur sa pipe.

— Ouais... Moi j'me rappelle rien, c'est ben sûr. Mais on m'en a parlé, surtout Gérard, fait-il placidement. Continue, Jérôme. J'ai toujours été fasciné par les choses qui touchent à ma naissance...

À nouveau Jérôme dessine un petit sourire.

— Eh bien, tu vas être servi. Nous allons effectivement parler de ta naissance... Parce que c'est un peu à cause de ça qu'on a dû reporter la noce. Et moi, je n'ai pas eu le choix: je me suis présenté à Valcartier.

Pour l'instant, Paul ne voit pas vraiment où Jérôme veut en venir et cette discussion l'agace. La mort de sa mère est toujours restée un sujet douloureux. Il n'aime pas qu'on y revienne sans raison. Alors il se permet d'intervenir une autre fois.

— Ouais, c'est ben beau tout ça... Mais pourquoi tu nous en parles? Tu m'apprends rien là. Qu'est-ce que ça a à voir avec le...

— Laisse-moi terminer, Paul. J'y arrive... Ce que vous n'avez jamais su, c'est que pendant son séjour à Québec, Cécile aussi a donné naissance à un bébé. À notre bébé. Une petite fille qu'on avait décidé d'appeler Juliette. Ton père n'avait pas voulu que sa fille se marie parce qu'elle était enceinte. Il avait peur de ce que l'on pourrait en dire. Il avait peur aussi que Cécile ne soit pas heureuse. Mais cela, je ne l'ai compris que plus tard. Que beaucoup plus tard... Sur le coup, j'étais terriblement en colère contre ton père. Je lui en voulais de chambarder notre vie comme si on n'avait rien à dire, alors que tout aurait pu être si simple s'il avait accepté que l'on se marie. Mes parents et même la tante Gisèle, la sœur de ton père, étaient d'accord avec nous. Au fil de ces mois d'enfer, le seul rêve que nous avions, c'était de trouver un moyen de contrer la volonté d'Eugène. Et finalement, la tante Gisèle et ma mère avaient trouvé: en se mariant en avril, Cécile aurait été majeure et on aurait pu reprendre notre fille, la loi laissant à la mère naturelle un temps de réflexion avant de céder son bébé définitivement à l'adoption. Mais il y a eu toi, Gabriel... Tu vois, quand ta mère t'a confié à Cécile, pour elle c'était un peu comme si son enfant lui revenait. Cécile ne voyait que ce petit être qui s'accrochait à la vie grâce à elle. Tu étais l'aboutissement normal de la maternité qu'elle venait de vivre dans la honte et le secret. Et toi, au moins, elle avait le droit de t'aimer au grand jour. Plus rien d'autre n'existait à part toi. Et dis-toi bien qu'elle t'a aimé et je sais qu'elle t'aime encore comme un fils. Alors elle a choisi de rester avec toi, chez son père et je n'ai pas eu le choix de me présenter à l'armée... Ensuite, la vie étant ce qu'elle est, vous avez pris chacun votre chemin. Nous avons pris chacun notre chemin. J'ai fait la guerre et j'ai été blessé, restant amnésique pendant plus de dix ans. Alors Cécile a fini par se marier à quelqu'un d'autre et elle a élevé un fils, Denis; moi, j'ai vécu à l'ombre de l'amnésie dans un monastère; et vous deux, eh bien, vous avez suivi votre destinée. On n'y peut rien... Aujourd'hui, Cécile a retrouvé notre fille.

Elle s'appelle Dominique. Et c'est pour elle que Cécile est restée à Québec pendant le temps des Fêtes. Parce que Dominique vit un moment particulièrement difficile et qu'elle avait besoin de sa mère auprès d'elle.

Pendant que Jérôme parlait, Cécile le dévorait des yeux, le visage inondé de larmes. Jamais elle n'aurait pu trouver les mots pour dire aussi bien tout ce que Jérôme vient de révéler. Il n'a rien omis et n'a rien dit de trop. À son tour, elle commence à deviner à quoi a dû ressembler sa vie pour en arriver à une si grande sensibilité. Jérôme lui a déjà vaguement parlé de Philippe. Il lui avait tout simplement expliqué que c'était le nom qu'on avait choisi pour lui et qu'à son tour, il avait choisi de garder. Il est temps d'apprendre à connaître ce Philippe. Parce qu'elle a envie de lui dire merci... Puis elle se tourne vers Paul. Huguette est assise à côté de lui et ils se tiennent par la main. Il a l'air ému, troublé. Pendant de longues secondes, il regarde sa sœur. Puis il lui fait un large sourire.

— Cécile... J'savais qu'on te devait beaucoup. En fait, pour un boutte, c'est toi qui as pris la relève quand maman est morte. Mais je savais pas que tu l'avais fait au détriment de ta propre vie... Merci, Cécile. Parce que si t'avais pas été là, chus pas sûr que l'père aurait pu s'en remettre. Y'était *rough*, notre père, mais y'aimait maman. Ça j'en suis certain. Quand elle est partie, c'est toi qui l'a aidé à passer à travers sa peine. Tout seul, y serait jamais arrivé. J'm'en rappelle comme si c'était hier... Tranquillement on l'a vu se remettre à sourire, à avoir des projets. Pis ça, c'était à cause de toi pis de Gabriel... Fait que ma vie, ma vie d'aujourd'hui, j'veux dire, c'est un peu à toi que j'la dois... Batince que c'est dur à dire...

Paul s'arrête un moment, posant les yeux sur Huguette. D'une pression de la main, elle l'encourage à poursuivre, le connaissant bien et sachant que s'il ne parle pas maintenant, il risque de taire à jamais tout ce qu'il aurait besoin de dire... Paul lui rend son sourire puis se retourne à nouveau vers Cécile. Et brusquement, c'est la

Cécile de son enfance qu'il voit. Celle qui avait toujours un sourire calme, serein. Celle qui n'était finalement jamais vraiment revenue de son séjour à Québec. Maintenant, il le comprend. À son retour, Cécile avait perdu ce sourire confiant et plus jamais il ne l'avait réellement retrouvé. Mais là, c'est différent. À travers les larmes qui mouillent son visage, Cécile sourit, à nouveau confiante. De ce sourire qui était le sien, mais sans la tristesse habituelle qu'on pouvait y lire. Sur la nappe blanche, ses doigts sont emmêlés à ceux de Jérôme et Paul se dit que cette image de sérénité, eh bien, il savait qu'il la verrait un jour.

— Ouais... La seule chose que j'peux dire c'est merci... T'aurais pu parler avant. Tu l'as pas fait. Pis quand j'y pense comme faut, ça aurait pas été à toi d'le faire. T'es comme ça, toi. T'es une secrète... Pis c'est ben correct de même. Mais moi, par exemple, j'saurai jamais comment te rendre ça. Jamais...

— Pourquoi croire que tu me dois quelque chose, Paul? C'est un choix que j'avais fait.

Puis au bout d'un silence, Cécile ajoute, légèrement pensive:

— Parfois dans la vie, il arrive des événements que l'on ne comprend pas. Qui nous révoltent. Puis avec le temps, avec le recul des choses, la lumière se fait. Petit à petit, tout doucement. Surtout avec moi, fait-elle avec un rire retenu. Je suis de ceux qui ont besoin de temps. Tu vois Paul, je crois bien que la seule décision d'importance que j'ai prise seule, c'est celle de rester auprès de vous pour un certain temps. Le temps de permettre à Gabriel de s'accrocher vraiment à la vie...

Et se tournant vers Gabriel, elle poursuit.

— Ce que Jérôme n'a pas dit, c'est que je t'ai nourri comme si tu étais mon fils, Gabriel. Le médecin était formel: il n'y avait que cela pour t'aider à vivre. Et vois-tu, personne d'autre n'aurait pu le faire à ma place. Alors quand je parle de choix, il faut y mettre un bémol. Je n'ai fait que répondre aux exigences de la vie... Et je crois que Jérôme aussi avait fini par le comprendre.

Puis elle revient à Paul.

— Tout à l'heure, tu disais que tu voudrais faire quelque chose pour moi? Et bien, je crois, oui, que tu pourrais m'aider...

— N'importe quoi, Cécile.

— Oh! ce n'est pas vraiment compliqué. J'aimerais tout simplement que tu parles à nos frères et sœurs. Que tu leur dises ce que tu sais. Pour moi, pour Dominique...

— C'est tout?

— C'est tout. Comme tu vois, pour un gars comme toi, ce n'est pas très difficile. Mais pour moi, c'est très important... Oui, ce serait là le plus beau cadeau que tu pourrais m'offrir...

C'est à cet instant que Gabriel, jusque-là silencieux, repousse sa chaise bruyamment. Toutes les têtes se tournent vers lui. Il se lève, dépose sa pipe sur la table, s'étire un moment puis s'approche de Cécile. Il est grand, Gabriel, aussi grand que l'était leur père. Alors, il se penche et met un genou par terre, sa tête se trouvant à hauteur de celle de Cécile. Pendant un long moment, il plonge son regard dans celui de sa sœur.

— Jamais personne ne m'avait dit tout ce que j'ai su aujourd'hui. Pas plus Gérard que les autres, même si j'ai l'intuition qu'il était au courant. Ça fait que si y a quelqu'un ici qui te doit quelque chose, c'est ben moi. C'est moi qui vas parler aux autres.

Son visage est grave, sa voix posée. Puis il approche son visage et embrasse Cécile tout doucement sur la joue.

— J'me rappelle vaguement un certain été. J'devais avoir deux ans, peut-être un peu plus... J'sais pas trop. La seule chose qu'y est claire dans mon souvenir, c'est que j't'appelais maman Cécile. Ça m'a toujours un peu intrigué. Mais tu m'connais. Pour ce qui est de parler... Ça fait que j'ai gardé ça pour moi... Aujourd'hui, j'comprends. Fait que je te l'redis: merci... Merci, maman Cécile, pour tout. Merci pour la vie...

10

L'hiver commence à jeter du lest. Les journées s'étirent par les deux bouts, le soleil fait valoir ses droits et les montagnes de neige commencent à baisser pour la peine. François donne l'apparence d'avoir retrouvé un certain rythme de croisière, même si chaque matin, au réveil, il doit se faire violence pour se lever et se présenter à l'école. L'envie n'y est plus, le courage et la motivation non plus. Il se déplace d'un cours à l'autre parce que c'est ce qu'on attend de lui, mais sans enthousiasme, sans conviction. L'image de Marco, la tête posée sur ses genoux, le corps baignant dans une mare de sang est omniprésente. Il n'arrive pas à s'en défaire, sinon quand il boit de l'alcool ou quand il prend de la drogue. Dans ces moments-là, c'est un peu comme s'il entrait en communication avec son ami et l'image s'estompe. Chaque fois, il a droit à quelques heures de sommeil sans cauchemar. Alors c'est plus fort que lui et il y revient de plus en plus souvent. Même s'il était sincère quand il a promis de ne plus consommer. Même s'il a compris qu'il ne veut pas mourir. Alors il tente de doser et il joue le jeu face à ses parents. Personne ne doit se douter de quoi que ce soit. C'est une question de survie. Pourtant, d'une fois à l'autre, il a l'impression que ses parents savent mais ont peur d'intervenir. François choisit la fuite dans le silence. Il voudrait tant qu'André et Dominique comprennent qu'il les aime mais en même temps, il voudrait qu'ils sachent aussi qu'il aurait peut-être besoin de s'éloigner pour un temps. Comme si la présence d'André et Dominique l'étouffait. Malgré l'amour qui existe entre eux. Il a la sensation d'avoir le cerveau divisé en deux et qu'une lutte à finir s'y déroule en permanence...

Chaque lundi, après les cours, il se rend aux locaux de la DPJ où Marcel, l'intervenant, l'attend. Avec lui aussi, François joue le jeu des apparences. Et il sait qu'il doit gagner. Sinon, c'est la cure qui l'attend. Marcel l'a prévenu: avec le dossier qu'il a sur François, il pourrait demander à la Cour d'intervenir... Et François ne le veut surtout pas. Si on l'enferme, il en est certain, il va mourir de folie.

Parfois il rencontre Marcel, seul. Parfois, sa mère est présente, ou son père ou encore les deux. François ne voit pas vraiment où ils veulent en venir. Il a le sentiment de tourner en rond, que leurs conversations sont stériles. Il a la certitude de plus en plus profonde que ces rencontres ne sont finalement qu'une mascarade pour donner bonne conscience à tout le monde. Lui y compris. Alors il se prête à ces entrevues comme pour l'école, sans conviction, se répétant que si ça ne prend que cela pour avoir la paix...

Le soleil entre à pleine fenêtre dans le bureau de Marcel et François en sent même la chaleur sur sa jambe. Sa mère est là, en biais et elle parle avec l'intervenant. Comme souvent cela lui arrive, c'est à peine si François porte attention à ce qu'ils disent. Ils en sont encore à ce fameux tableau qu'ils ont dressé ensemble, il y a quelques semaines. Un grand carton blanc, posé sur un chevalet et que François a aidé à remplir. D'un côté, il y a les plus et de l'autre les moins: ce sont les choix de François pour s'en sortir. Ce qui lui semble acceptable et ce qui ne l'est pas du tout. La liste des moins est beaucoup plus longue que celle des plus. Et d'une rencontre à l'autre, ils essaient d'analyser chacun des points. On les garde ou on les biffe, c'est selon. Tout y est. Marcel lui avait recommandé de dire tout ce qui lui passait par l'esprit. Alors François a mis le paquet. Il a parlé d'amis qui pourraient l'accueillir chez eux et des centres de désintoxication reconnus. Il a parlé aussi de ses grands-parents, René et Thérèse avec qui il pourrait passer l'hiver, loin des tentations comme le dit si bien sa mère. Même si pour elle, cette idée est tout à fait saugrenue. Mais Marcel avait dit de tout mettre, alors François a tout mis! Pour l'instant, Dominique tente d'argumenter sur la Maison Jean Lapointe. C'est là l'item que François avait placé en tête de liste des moins, des solutions inacceptables pour lui. Juste la perspective de vivre en reclus pendant deux mois lui donne froid dans le dos. Mais Dominique, elle, semble y tenir vraiment... Alors, plutôt que de voir la conversation s'enliser, ou prendre une direction qu'il ne veut surtout pas, François se décide à intervenir.

— Écoute, maman... Pourquoi est-ce que tu t'entêtes à vouloir à tout prix que je fasse une cure? Ça va bien, non? J'vais à l'école, j'rentre à l'heure demandée. Qu'est-ce que tu veux de plus? C'est pas correct, c'que j'fais?

À ces mots, Dominique se tourne d'un bloc vers lui.

— Je n'ai rien à redire sur ton comportement, François. C'est vrai que tu fais ce qu'on te demande de faire. Mais je sais aussi que c'est facile pour toi de te servir des apparences... Tu l'as fait pendant des mois. Il ne faudrait pas que tu nous prennes pour des imbéciles, François... On le sait que tu consommes encore...

Elle a joué le tout pour le tout, se fiant bien plus sur son intuition que sur des faits. François se met aussitôt à rougir, avouant du même coup que sa mère n'a probablement pas tort. Alors Dominique pousse un soupir discret pendant que François s'empresse de tout nier, avec une conviction presque convaincante.

— Moi? Mais voyons donc! Quand est-ce que tu...

Il en a même les larmes aux yeux. Pourtant, cette fois-ci, Dominique n'a pas envie d'embarquer dans ce petit jeu-là. Depuis le tout premier instant où elle l'a vu, inconscient, étendu sur une civière, elle a compris qu'elle aurait à se battre. Et c'est bien ce qu'elle a l'intention de faire. Contre lui s'il le faut. Alors elle réplique, sans hésitation.

— Oh! tu caches bien ton jeu. Et je concède que ce n'est rien comparé à ce qu'on a vécu l'automne dernier. Mais avoue que tu as toujours un problème... Je...

Lentement le ton monte. Alors Marcel se relève et vient s'asseoir sur un coin de son bureau.

— Un instant, voulez-vous. Ça ne sert

à rien de s'envoyer des reproches par la tête. Tout le monde a tort et tout le monde a raison, dans ces cas-là. On n'est pas ici pour ça. On a besoin de faire le point et tenter de trouver une solution convenable pour tous. Et quand je dis tous, ça m'inclut moi aussi. Il ne faudrait pas l'oublier... Toi, François, tu dis que ton comportement est acceptable. C'est ta façon de voir les choses et tu y as droit. Par contre ta mère, elle, n'est pas d'accord. Et elle aussi, elle a droit à sa façon de voir les choses. Va falloir trancher. À tout le moins, va falloir faire des concessions de part et d'autre. Sinon, ça ne sera vivable pour personne... On s'entend là-dessus?

François acquiesce d'un signe de tête, pendant que Marcel poursuit.

— Il faut que tu comprennes qu'on est ici pour toi. Pas contre toi. Mais il va falloir que tu y mettes du tien, François, si tu veux être heureux dans tout ça. Parce qu'on va agir de toute façon. Mon rôle à moi, c'est de te protéger. Contre toi-même, s'il le faut...

Tout en parlant, Marcel est venu se placer devant le tableau.

— Je sais bien que ce grand carton t'agace, François. Mais moi je te dis que c'est par là que la solution va nous venir. Et là, c'est ma façon de voir les choses et j'y ai droit. Comme pour toi. Comme pour ta mère... Tu peux accepter ça? Oui? OK... Il y a toutes sortes de choses d'écrites. Des folles, des irréalisables, des difficiles, des plus faciles.. Mais rien de ce qui est marqué ne vient pas de toi, François. Ne l'oublie pas. Ça fait deux semaines qu'on tente de faire la part des choses. Et j'ai un peu l'impression que tu t'en fous. Alors, j'aimerais que tu prennes quelques instants pour bien relire tes choix. Toi aussi, tu dois bien avoir une idée qui se précise. Pour ta mère, il semble bien que ce soit la Maison Jean Lapointe qui ait sa préférence. Mais toi? Où en es-tu rendu? C'est pour ça que tu vas te donner la peine de tout relire. Ça va te prendre à peine quelques minutes. Pendant ce temps-là, ta mère et moi, on va aller se chercher un café. Je t'en rapporte un?

Marcel a refermé doucement la porte derrière lui. Le rayon de soleil qui vient mourir sur la jambe de François accroche d'abord un coin du carton et éclabousse le mur. Il s'amuse à suivre sa trajectoire un moment, ensuite il balance la jambe pour voir l'ombre onduler. Il n'a pas vraiment besoin de relire le tableau, il le connaît par cœur. Pourtant, le message de Marcel était on ne peut plus clair. Alors il s'oblige à reprendre la liste, point par point. Il soupire et détourne la tête. Puis brusquement, son regard revient sur les noms de ses grands-parents, Thérèse et René, comme l'aiguille d'une boussole est attirée par le nord. Il sait bien que cette idée de passer l'hiver en Floride est complètement folle. Mais c'est plus fort que lui. Il fronce les sourcils et s'oblige à essayer de comprendre pourquoi son cœur fait un bond quand il relit les noms de ses grands-parents. C'est au moment où Marcel entrouvre la porte qu'il fait enfin un grand sourire.

— Mamie... Mamie Cécile, murmure-t-il pour lui-même.

Puis il se tourne vers sa mère qui vient d'entrer.

— Il me semblait aussi que j'avais oublié un nom sur la liste. C'est Mamie Cécile...

Et après un court silence, il ajoute, d'une voix pleine d'espoir, en regardant sa mère et Marcel à tour de rôle:

— J'aimerais que ce soit Mamie Cécile qui m'aide...

* * *

— Qu'est-ce que tu en penses André? Il me semble que c'est trop lui demander... Voyons donc! Ça n'a aucun sens...

André et Dominique sont attablés dans un restaurant. Dès leur retour de la séance de médiation (c'est ainsi qu'elle appelle ces rencontres hebdomadaires avec Marcel), François avait filé dans sa chambre selon son habitude et Dominique était venue à la cuisine pour préparer le repas. Mais le cœur n'y était pas. Le nom de sa mère lui revenait sans cesse à l'esprit et elle n'arrivait pas à se faire une idée précise sur cette solution. Elle avait besoin d'un moment d'évasion pour clarifier sa pensée. Elle avait appelé au restaurant du coin afin de faire venir une pizza pour les enfants, et dès l'arrivée d'André, elle l'avait invité à manger à l'extérieur.

— As-tu idée de la responsabilité que cela représente? poursuit-elle en relevant la tête du menu qu'elle devrait consulter. J'ai essayé de le faire comprendre à François. Mais peine perdue... Tu sais comment il peut être quand il décide de faire dans la mauvaise foi? Plus buté que ça...

André l'a écoutée pendant de longues minutes sans l'interrompre. Puis le serveur est venu. Ils ont commandé et attendu l'apéritif en jasant de leurs choix respectifs. C'est après une longue gorgée de bière qu'André se décide enfin à revenir sur le sujet.

— Je crois, Domi, que tu mélanges plein de concepts en même temps. Comme un jongleur qui apprend à jongler. On dirait que ses mains viennent toutes mêlées... J'ai l'impression que ce que tu ressens et ce que François veut ne font qu'un tout dans ton esprit, alors que ce devrait être complètement dissocié... Comment dire?... Essayons de prendre les choses une à une, veux-tu? Parle-moi de Marcel, d'abord. Qu'est-ce qu'il en pense, lui?

— Marcel? Il a répété ce qu'il ne cesse de répéter depuis le début: c'est une idée comme toutes les autres et qu'il faut prendre le temps de bien l'analyser... Et c'est exactement ce que j'essaie de faire, malgré ce que tu sembles en penser.

— Je ne pense rien, Dominique. Je ne te fais surtout pas de reproches. J'essaie simplement de voir clair.

André fixe longuement sa femme. Puis il lui fait un sourire en expirant bruyamment.

— Épuisant, n'est-ce pas, tout ça?

— Épuisant, tu dis? Je suis vidée, André. Complètement vidée. J'ai l'impression que ma vie s'en va à hue et à dia. Mais en même temps, on n'a pas le droit de lâcher. Ce n'est surtout pas le moment de lancer la serviette. C'est un peu ce qui m'amène à dire que c'est peut-être trop

lourd pour Cécile. C'est une moyenne responsabilité que d'accueillir chez elle un
adolescent qui a un problème de drogue...
Pourquoi François s'entête-t-il comme ça?
Il existe pourtant des organismes dont le
but premier est d'aider un jeune comme
notre fils. Pourquoi ne pas les utiliser? Il
me semble que...

— N'est-ce pas là une façon indirecte
de lancer la serviette, comme tu le dis si
bien? Une façon de s'en laver les mains?

Dominique reste silencieuse un instant.
Puis ses sourcils se froncent. André n'a
pas tout à fait tort. C'est vrai que pour
elle, quand elle pense à la Maison Jean
Lapointe, elle ressent comme un soulagement. Fini les inquiétudes, les insomnies,
les discussions... Son fils serait en sécurité et il lui semble qu'elle pourrait enfin
se reposer. N'est-ce pas là une façon trop
facile de régler le problème? Puis elle
hausse les épaules. Pourquoi pas?

— Peut-être bien que tu as raison. C'est
vrai que pour moi, pour nous, ce serait
plus facile. Mais on y a droit, non? On
ne serait pas les premiers et surtout pas

les derniers à profiter d'un système qui a fait ses preuves. Et puis il y a Frédérik, Geneviève. Pour eux aussi, les temps sont durs... Ne l'oublions pas...

André ne répond pas tout de suite. Il revoit le regard vitreux de son fils quand ils l'ont rejoint au poste de police, à Montréal, et son cœur se serre. Il lui semble que François, à sa manière, essaie de leur envoyer un message depuis ce jour-là. Ils n'ont pas le droit de mal l'interpréter. Alors il reprend, tout doucement.

— Mais pour François? Est-ce vraiment la meilleure solution pour lui? Je crois que, pour l'instant, c'est lui qui doit avoir toutes nos attentions... Sans négliger nos deux plus jeunes, c'est bien certain. Mais, entre toi et moi, est-ce que Frédérik et Geneviève sont aussi perturbés qu'on le dit? La vie n'a pas vraiment changé pour eux. Alors que pour notre aîné...

— Ouais... Dans le fond, tu as probablement raison...

Dominique éclate de rire, détendant l'atmosphère brusquement, ramenant la discussion dans ses véritables dimensions.

— Je comprends maintenant quand tu me disais que je mélange tout. Tu as parfaitement raison. Mais à vivre le nez collé sur un problème, on finit peut-être par ne plus rien voir du tout... Je ne sais pas... Chose certaine, il ne faut rien négliger mais il ne faut pas non plus tomber dans le mélodrame... François a un problème et on doit le régler, d'une façon ou d'une autre. Je...

— Non, Domi...

André l'a interrompu d'une voix très claire, presque autoritaire. Mais aussi très complice. Tendant la main au-dessus de la table, il vient la poser sur celle de sa femme.

— On n'a rien à régler. Tu l'as dit toi-même: François a un problème. Pas nous. C'est donc à lui de le régler. Pas à nous. Tout ce qu'on peut faire, c'est l'accompagner, c'est le soutenir dans sa démarche. Mais on ne pourra pas faire les choix à sa place. Et tout ce qu'il a à vivre, on ne pourra pas le vivre pour lui. C'est maintenant ou jamais que le mot confiance prend tout son sens. Confiance en lui, c'est bien certain. Mais confiance aussi en nous. En tout ce que l'on a donné au fil des années.

Pendant un moment, Dominique soutient le regard de son mari.

— Ce n'est pas facile.

— Non, c'est vrai: c'est loin d'être facile... Mais je sais aussi que les solutions faciles ne sont pas toujours les meilleures. C'est exactement ce que nous disons à Frédérik quand il se lasse de ses entraînements intensifs. Ce n'est pas toujours évident de se lever à l'aube pour aller courir sur une piste de terre battue, beau temps mauvais temps. Mais les résultats en valent la peine... Ça vaut aussi pour nous. Ça vaut surtout pour François. Exactement comme Frédérik qui a choisi l'athlétisme plutôt que tout autre sport. Il est prêt à faire les efforts nécessaires parce qu'il aime ce qu'il fait. Et jamais, ni toi ni moi, on n'a eu la moindre intention de l'obliger à faire autre chose que ce qu'il voulait. Je pense que nous devons appliquer la même théorie pour François. À sa façon, il s'engage dans un choix de vie. Pour un temps. Et on va le soutenir, Dominique. De la même manière qu'on se lève le samedi matin pour reconduire Frédérik...

— Mais comment savoir si...

— Faire confiance à la vie, Domi.

Puis changeant de ton du tout au tout, André lance en riant.

— Et à ton mari...

Dominique retire vivement sa main, légèrement vexée. Pourquoi André se moque-t-il d'elle ainsi? Peut-être bien ne sont-ils pas exactement sur la même longueur d'ondes, mais ce n'est pas une raison pour... Alors elle demande, d'un ton sec:

— Est-ce que j'ai déjà été...

Tout de suite, André comprend la méprise. Il s'empresse de rectifier son tir.

— Excuse-moi, ce n'est pas... Merde que je suis malhabile, des fois... Je sais qu'on a confiance l'un en l'autre, ce n'est pas ce que je voulais dire... Et je sais aussi que François ne pourrait avoir meilleure mère que toi. Je ne veux pas que tu aies le moindre doute là-dessus. Je t'aime,

Domi, j'aime notre famille et je sais que nos enfants n'ont jamais manqué d'amour eux non plus. C'est juste que, ce matin, j'ai pris des renseignements sur différentes thérapies offertes aux jeunes et que je crois que... Mais laisse-moi t'expliquer...

Il décrit ce qu'il a appris sur la Maison Jean Lapointe, sur le groupe Alto, sur certains thérapeutes privés. Il raconte les approches de chacun, les solutions qu'ils proposent, les résultats habituellement obtenus.

— Comme tu vois, il y a trente-six mille façons de voir les choses et trente-six mille façons de les traiter... Je présume que chacune doit avoir ses bons et ses mauvais côtés. Le mieux qu'on puisse faire, c'est de prendre un moment, avec François, et lui expliquer tout ce que je viens de te dire. Après, il faudra lui faire confiance et le laisser choisir. Qu'est-ce que tu en penses?

— Et s'il se trompait? Si la solution qu'il choisit n'est pas la bonne pour lui? Ça me fait peur, André. Je voudrais tellement que...

— Rendus où on est rendus, Dominique, on n'a plus le choix... N'empêche que rien ne pourra nous empêcher de nous faire notre propre opinion. Moi, tu vois, depuis le matin que je tourne et retourne tout ce que j'ai appris et je commence à percevoir ce qui me semble le meilleur pour François. Est-ce que sa décision ressemblera à ce que j'en pense? Je l'ignore... Chose certaine, c'est qu'on traversera la rivière quand on y sera arrivés. Pas avant...

— Et c'est quoi, la meilleure solution, selon toi?

— Tu veux vraiment le savoir?

— Bien sûr...

— C'est peut-être bien François qui nous a mis sur la bonne piste. À la lumière de tout ce que je sais maintenant, Cécile n'est pas une si mauvaise idée que cela.

— Voyons donc! Je ne vois pas ce qui...

— Laisse-moi terminer, Domi. Je vais y aller par élimination. Tu m'connais, j'aime les choses claires et précises... La Maison Jean Lapointe me semble trop restrictive pour un jeune comme notre fils.

C'est un tendre, François, un insécure. Il a besoin d'amour, de tendresse, de présence, d'écoute. Pas d'une thérapie qui se rapproche du centre d'accueil. C'est peut-être fort valable pour certains types de personnalité, mais je ne crois pas que ce soit là ce dont François a besoin. Il va étouffer dans un endroit comme celui-là. J'ai peur qu'il en sorte écrasé et que le problème ne soit pas vraiment réglé... Les thérapeutes privés, enfin pour ceux avec qui j'ai parlé, ont chacun leur façon de voir les choses. C'est du cas par cas. Il faut voir à la pièce. C'est peut-être intéressant, mais associé à autre chose. En fait, je les vois comme une espèce de complément et uniquement si le besoin s'en fait sentir. Et ça, c'est François qui peut nous le dire. Si lui n'est pas partant, on n'arrivera jamais à rien de bon... Puis il reste Alto... On y parle de rencontres privées, avec un thérapeute et de rencontres de groupe, avec d'autres jeunes. François n'aurait pas à abandonner ses cours, ni ses amis. Leur approche est basée sur la rééducation, sur la prise de conscience de ses habitudes et sur la maîtrise qu'on peut y apporter. Ça me semble valable... Alors quand François nous parle de Cécile, je me dis pourquoi pas? En association avec autre chose, comme Alto, par exemple... Peut-être bien que notre fils a besoin de s'éloigner de nous pour un temps? Je ne sais pas tout ce qui lui passe par la tête depuis la mort de Marco. Effectivement, c'est peut-être essentiel pour lui de s'éloigner pour faire le point... La seule chose qui semble une constante dans tout cela, c'est la bonne volonté du jeune. Il faut qu'il veuille faire quelque chose sinon, personne ne peut rien pour lui. Et si François pense que Cécile peut l'aid...

— Mais te rends-tu compte de ce que ça implique pour Cécile? Je ne peux...

Pendant quelques instants, André soutient le regard de sa femme. Elle semble tellement démunie, bouleversée par toute cette histoire. Brusquement, il aurait envie de la prendre tout contre lui et l'emmener très très loin d'ici. Tout oublier, tout recommencer... Puis il pousse un profond soupir. Tout ça, ce n'est que du rêve d'évasion. C'est stérile, inutile... Alors il prend la main de Dominique dans la sienne et lui dit, d'une voix calme et très douce:

— Mon bel amour... Je te reconnais bien là: tu voudrais être capable de tout faire pour tout le monde. Mais c'est impossible, Domi. C'est peut-être pour ça que tu as la sensation que ta vie va tout croche. Je le sais bien, va, que lorsqu'un événement malheureux te touche, ça vient teinter tout le reste de ta vie. Ça fait vingt ans que je te connais. C'est pour ça que je te dis d'essayer de faire la part des choses. Et puis, tout ne va pas si mal que ça. Geneviève est heureuse comme un poisson dans l'eau, à l'école. Frédérik se prépare comme un forcené pour les Jeux du Québec et il a de fortes chances d'y remporter quelques médailles. Et François va mieux. Essayons d'être positifs... Comparé à l'automne dernier, c'est vrai que ça va mieux. Maintenant, il est au moins conscient qu'il a un problème et si la volonté n'est pas encore totale, il n'en reste pas moins qu'il veut s'en sortir.

Qu'importe si la façon de s'y prendre n'est pas exactement celle que toi ou moi aurions choisie?

— Je sais bien que tu as raison. Mais ça ne règle pas le problème de Cécile, tout ça. Il me semble que...

Alors André vient l'interrompre en augmentant la pression de sa main sur la sienne.

— Et si tu laissais Cécile décider par elle-même de ce qu'elle est capable de faire ou non? Je crois qu'à elle aussi, on peut faire confiance...

11

Avril est de retour. Avec ses rigoles chantantes, ses toits qui dégouttent joyeusement, sa chaleur de plus en plus sentie qui fait pousser un soupir de soulagement. Cécile a toujours préféré les saisons entre-deux. Elle se souvient de l'avoir dit à la tante Gisèle. Elles étaient sorties toutes les deux pour marcher sur les Plaines, au Jardin de Jeanne d'Arc et c'est là, par un bel après-midi d'automne, plein de soleil et de gens souriants, qu'elle lui avait expliqué pourquoi elle aimait le printemps et l'automne.

— Vois-tu, moi c'est le printemps que j'aime le plus. À cause des p'tites fraises des bois pis des hirondelles qui reviennent. Mais c'est vrai qu'une journée comme aujourd'hui, ça ressemble au printemps.

— Tu trouves?

— Oui... Après la chaleur de l'été, on dirait qu'on recommence à respirer.

Comme après l'hiver... Dans le fond, moi ce que j'aime, c'est les saisons entre les deux... Oui, t'as raison ma tante, l'automne aussi c'est une belle saison. Au printemps, on prend des grands respirs pour se réveiller de l'hiver et en automne on prend des grands respirs en bâillant avant de s'enfermer pour l'hiver. Oui, c'est les deux saisons qui me font le plus de bien.

Elle avait tout juste dix-huit ans. Elle était enceinte de Dominique. Depuis ce temps, beaucoup de choses ont changé dans la vie de Cécile. Mais sur ce point, son opinion n'a pas bougé d'un iota... Elle a toujours une petite préférence pour le printemps, même si elle aime bien l'automne. Alors, c'est le cœur vraiment heureux qu'elle est arrivée chez Jérôme hier soir. Le temps des sucres bat son plein et c'est Mélina qui l'a accueillie.

— Compte pas vraiment sur Jérôme, pour astheure... Y passe le plus clair de son temps à la cabane avec Gabriel pis Paul-André, son cousin. Paraît que c'est une bonne année pour le sirop... Les érables coulent à plein...

Effectivement, c'est à peine si Jérôme a traversé la maison en coup de vent, sur l'heure du souper.

— J'en ai pour une partie de la nuit. Ne m'attends pas, Cécile. On se verra demain au déjeuner. Gabriel va prendre la relève pour qu'on puisse préparer la partie de sucres de dimanche.

C'est pourquoi, au réveil, n'entendant aucun bruit dans la maison, Cécile a pris tout son temps. Elle s'est levée sans faire de bruit et est venue ouvrir la fenêtre de sa chambre. L'air qui entre, même s'il est encore frisquet, porte en lui toute la douceur d'une promesse. Le soleil est déjà vigoureux, et de la ferme voisine, lui parvient le meuglement d'une vache, suivi d'un rire et de deux voix qui s'interpellent. Cécile étire un grand sourire en respirant à fond. La vie reprend ses droits, les gens prennent le temps de se parler et bientôt, les journées ne seront plus assez longues... «... surtout quand on reçoit plus de trente personnes le lendemain», se dit-elle en s'arrachant à sa contemplation. Marchant sur la pointe des pieds, elle descend à la cuisine pour mettre le café à infuser...

Ils ont dressé la liste des invités qui ont confirmé leur présence et tenté d'établir un menu. Cécile pousse un long soupir de découragement.

— Trente-deux personnes, on rit pus... fait-elle sincèrement dépassée, parlant pour une fois avec cet accent de terroir qui est celui de sa famille. J'ai jamais fait à manger pour autant de personnes, on n'y arrivera jamais.

Mélina éclate de rire et vient s'asseoir avec eux.

— T'inquiète pas, ma belle. Ça va te r'venir... Rappelle-toi quand t'étais encore chez ton père... Tu faisais à manger pour quinze personnes, trois fois par jour, pis y te restait du temps pour faire le lavage, pour t'occuper des p'tits pis même pour lire...

À son tour, Cécile éclate de rire.

— Vous avez raison, Mélina... On va prendre les choses une après l'autre et on va y arriver...

Puis au bout d'un tout petit silence.

— J'ai l'impression que ça va me faire rajeunir... Par où commence-t-on?

À ces mots, Mélina frappe vigoureusement la table avec ses deux mains. Puis en se relevant, elle lance:

— Par une longue promenade.

Cécile et Jérôme lèvent un regard intrigué vers Mélina. Alors Cécile reprend:

— Par...

— ... une longue promenade. Toi pis Jérôme vous allez vous rendre chez ton frère Paul pour y emprunter une couple de gros chaudrons.

Puis comme si c'était là l'unique préoccupation de leur journée et qu'il n'y avait vraiment rien d'autre à faire ni à rajouter, Mélina va au comptoir pour rincer la vaisselle du déjeuner. Cécile et Jérôme échangent un long regard. Puis Cécile se décide.

— C'est bien gentil de nous proposer cela, mais on n'a pas le temps d'y aller à pied, Mélina. Je vais prendre mon au...

À nouveau, Mélina revient vers eux tout en interrompant Cécile.

— Na, na, na... Y fait tellement beau...

Puis elle éclate encore de rire devant la mine de Cécile, comme une gamine qui pouffe devant une bonne blague.

— Pis j'ai toute ma tête, inquiète-toi pas. Pis inquiète-toi pas pour le repas de demain, non plus. J'pense qu'y doit y avoir une couple de tourtières de prêtes, assez d'soupe aux pois pour une armée pis si j'ai ben vu, y'a une grosse casserole avec des beans dedans pis un gros jambon bien dodu, pis...

Le regard de Mélina pétille de malice.

— T'as pas tort Cécile: c'est tout un aria de préparer un repas pour trente personnes. Fait que pendant que Jérôme était à la cabane, cette semaine, j'ai pris un peu d'avance... allez, ouste... Tout c'qui manque, c'est des chaudrons. Pis ça, c'est vous deux qui allez vous en occuper... J'peux pas toute faire tout seule...

Jérôme n'a rien dit. Mais il connaît bien sa mère. Si elle insiste à ce point pour qu'ils se rendent à pied chez Paul, c'est qu'elle a sûrement une idée derrière la tête. C'est donc les sourcils froncés sur sa réflexion qu'il rejoint enfin Cécile dans la cour de la ferme. Puis il s'arrête un instant. C'est vrai qu'il fait terriblement beau. Peut-être bien, après tout, que Mélina avait tout simplement voulu leur faire plaisir. Pourquoi pas? Elle sait à quel point ils aiment tous les deux faire de longues promenades. Alors...

C'est en arrivant à la croisée des chemins qu'il comprend tout. Mélina n'a pas changé. Et sa mémoire n'est pas défaillante non plus... La grosse pierre plate est toujours au poste, ruisselante de neige fondue, brillante sous le soleil de midi. Exactement comme dans ses souvenirs. C'est ici, à ce même temps de l'année, que sa vie avait été bouleversée. C'est ici que lui et Cécile s'étaient quittés après que celle-ci lui eut annoncé qu'elle avait décidé de rester chez son père pour s'occuper du petit Gabriel. Jérôme entend encore la colère et la déception qui battaient à ses oreilles. Pourtant, ce matin il n'en comprend plus le sens. Imperceptiblement, il a ralenti l'allure, silencieux, égaré dans quelque méandre oublié de la mémoire. Et Cécile est tout aussi silencieuse. Jérôme et elle se rejoignent au pays des souvenirs. Et elle aussi sait pourquoi Mélina a tant insisté pour qu'ils fassent cette promenade. Elle s'approche de Jérôme jusqu'à ce que leurs épaules se touchent. Puis elle glisse la main dans la sienne. Le temps les rattrape, s'enroule autour d'eux, les aspire vers le passé les projetant en même temps vers l'avenir. Cécile s'arrête, lève le front vers Jérôme. Leurs regards se croisent, s'attachent l'un à l'autre, plongent l'un dans l'autre. Jérôme glisse les bras autour de la taille de Cécile qui appuie finalement la tête sur sa poitrine. Ils n'ont pas envie de parler. Ils n'ont pas besoin de parler. Les souvenirs le font pour eux, s'emmêlant au présent. Ils n'ont plus d'âge ni de passé. Il n'y a que la vie, que leurs vies où tout se confond, s'accouple, se retrouve. Ils ont vingt ans, ils ont cent ans. Il n'y a que le moment présent et deux cœurs qui battent au même rythme. Il n'y a que ce bruit de cœur qui bat... Un oiseau lance une trille, l'eau descend le long du chemin en rigole bruyante, le soleil chauffe les épaules sous le manteau, l'air est doux. D'un même geste, les yeux fermés, leurs lèvres se cherchent et se trouvent. Doucement, tout doucement, elles s'apprivoisent, se reconnaissent à leur tour. C'était il y a dix mille ans. C'est aujourd'hui. Ce sera dans l'éternité.

«... il y aura toujours nous deux à quelque part dans le monde.»

* * *

Cécile et Jérôme passent la soirée à tout préparer dans la cabane. Ils ont mis les tables, ont transporté les tonnes de victuailles que Mélina a cuisinées au cours de la semaine, ont vérifié le bon fonctionnement du poêle à bois, ont aligné les gallons de sirop que Jérôme entend remettre à chacun de ses invités. Puis quand tout leur semble prêt, Jérôme prend Cécile par la main et l'entraîne sur le fauteuil qu'il a installé près du poêle.

— Attends-moi ici, j'ai une surprise pour toi...

Puis il retourne à l'extérieur. Cécile l'entend gratter tout contre la cloison de bois.

Quand il revient, il tient quelque chose dans son dos. Il s'arrête un moment devant Cécile, puis rougissant comme un adolescent, il avoue:

— Je... je l'avais achetée pour Noël... J'espérais que... Oh! Et puis quelle importance... Je ne sais pas si je devrais... C'est peut-être un peu trop tôt...

Alors il lui tend une bouteille de champagne. C'est au tour de Cécile de rougir. Elle devine le symbole derrière le geste. Son cœur se met à battre un peu plus vite. Puis elle lui fait un grand sourire.

— Non, Jérôme, ce n'est pas trop tôt... Et comme il n'est jamais trop tard pour bien faire...

Ils se sont assis et ont jasé. De tout et de rien, en riant. Cécile se sent bien comme si les bulles d'argent lui emplissaient la tête, la faisant toute légère. Tout doucement, presque à leur insu, la conversation a bifurqué. Jérôme parle du monastère, de la vie qu'il y a menée, de Don Paulo.

— Parle-moi de Philippe... Raconte-moi Philippe.

Jérôme reste un moment silencieux, comme confronté à une parcelle de vie que lui seul peut connaître. C'est vrai, il s'est appelé Philippe pendant quarante ans. Mais brusquement, c'est comme si cela n'avait plus la moindre importance. Il se tourne vers Cécile, dépose son verre sur le sol et vient prendre son visage à deux mains.

— Si tu connais Jérôme, alors tu connais aussi Philippe.

Cécile ne rajoute rien. Elle vient se blottir tout contre lui. Plus jamais, elle ne lui reparlera de Philippe. Ce n'est plus nécessaire. Elle entend le cœur de Jérôme qui bat et elle reconnaît aussitôt son rythme régulier, calme. Elle ferme les yeux sur une drôle d'envie de pleurer. Peut-être de bonheur pour le moment présent, ou de regret sur ce passé qui n'a pas existé ou encore d'espoir devant l'avenir. Jérôme referme les bras sur elle. Cécile sent qu'il tremble. Exactement comme dans le plus beau de ses souvenirs: elle était chez la tante Gisèle, elle avait un gros ventre mais jamais elle ne s'était sentie aussi femme. Et ils avaient fait l'amour ensemble. Elle ne le savait pas, mais cette fois-là avait été la dernière... C'est probablement pour cela qu'elle en avait toujours gardé une douce nostalgie. Et voilà que maintenant, Jérôme est là. Comme dans ses rêves les plus fous. Alors elle se blottit encore plus étroitement contre lui. La tête lui tourne légèrement. Pourtant, elle est bien. De toute cette légèreté qu'elle ressent, comme si elle était un petit bouchon flottant à la surface des vagues d'une mer calme. Merveilleux champagne qui détruit les barrières et les craintes. Puis elle étouffe un rire. Est-ce bien la raisonnable Cécile qui parle? La femme réservée, discrète, parfois même secrète. La douce et sage Cécile comme on le dit souvent d'elle. Mais ce soir, elle n'a pas envie d'être sage. Il n'y a qu'un homme et une femme, seuls, face à face, et toute une vie d'amour à rattraper. Il y a le temps qui passe inexorablement et ces trop rares instants où il consent à s'arrêter. Il y a cette envie de lui qui bat en elle. L'envie de cet homme différent de ses souvenirs mais aussi beau, aussi grand, aussi fort. Jérôme, le père de sa fille, l'amant de ses vingt ans, le compagnon qu'elle avait choisi. Et surtout, il y a cette cabane, isolée, au bout du monde comme la première fois où elle s'est donnée à lui... Il n'y a qu'eux, pour l'éternité...

∗ ∗ ∗

Il fait un temps superbe. L'érablière des Cliche résonne de rires, de voix joyeuses. Gérard est là, avec Marie. Et Paul avec toute sa famille. Denis aussi s'est déplacé, avec sa femme et ses deux fils et, en ce moment, il aide André et Gabriel à faire la tournée des érables avec le tracteur. On ne les voit pas mais leurs rires gamins se faufilent entre les arbres jusqu'à la cabane. Quand Dominique est arrivée, elle a glissé à l'oreille de sa mère qu'elle ne l'avait jamais vue aussi resplendissante. Avec un petit clin d'œil complice. Alors Cécile l'a prise contre elle.

— Tu sais, Dominique, dans la vie il suffit de si peu pour être heureux. Il était temps que je le comprenne...

Dominique lui avait souri avant de se diriger vers Denis en l'interpellant. Curieusement, depuis l'hospitalisation de François, ils se sont rapidement trouvé mille et une ressemblances et c'est toujours avec plaisir qu'ils se rencontrent.

Les enfants courent autour de la cabane, vérifiant les chaudières. Mélina et Cécile sont devant le gros poêle à bois afin de veiller au repas mis à réchauffer. Jérôme et Paul surveillent l'évaporation de la sève...

Et François est venu.

Pourtant, jusqu'au dernier moment il avait hésité. Depuis qu'il avait parlé avec Cécile, depuis qu'il lui avait demandé s'il pouvait s'installer chez elle pour un moment, sa grand-mère ne lui avait donné aucun signe de vie. Bien sûr, elle lui avait dit qu'elle devait y réfléchir. Mais pour un jeune comme lui, deux semaines de réflexion ressemblent presque à un refus... Il ne savait pas vraiment s'il avait envie de la revoir. En se levant, ce matin, devant le soleil scintillant et l'air encore plus doux que la veille, il s'est décidé. C'est l'occasion ou jamais de tenter de convaincre encore une fois Mamie Cécile. Et puis, il fait si beau et, aspect non négligeable, c'est si bon une palette de tire sur la neige... Alors il s'est précipité jusqu'en haut de l'escalier et il a lancé:

— Maman?... Attendez-moi. Je viens avec vous...

À ces mots, André et Dominique, assis à la cuisine à prendre un café, ont échangé un regard heureux. Il est parfois si simple de trouver la vie belle et bonne. Il suffit d'un rien qui prend des allures de plénitude...

Les gens ont bien bu et bien mangé, sous le regard critique de Mélina qui avait l'œil à tout et le verbe vif. Une certaine quantité de sirop continue de bouillir dans un chaudron sur le rond arrière du poêle à bois. Dans quelques moments, la tire sera prête. Les enfants se sont assis à même le sol et écoutent religieusement Mélina, qui, un peu fatiguée, est venue s'asseoir sur le divan. Elle leur raconte le temps des sucres, comme il se vivait à l'époque de son enfance. Tout en rangeant la salle avec Dominique et Marie, Cécile surveille François du coin de l'œil, comme elle le fait instinctivement depuis son arrivée. Le jeune ne s'est pas vraiment joint aux autres. Comme s'il était sur la défensive. Mais là, en ce moment, il boit chacune des paroles de son arrière-grand-mère, fasciné par cette vieille dame aux cheveux de neige. Et Cécile, une note d'inquiétude se mêlant à la joie profonde qu'elle ressent d'avoir enfin tous les siens auprès d'elle, se dit qu'il va bien falloir qu'elle prenne une décision à son sujet. Jusqu'à maintenant, c'est la peur qui la retient. De tout son cœur, elle voudrait pouvoir l'aider. À la seconde où il lui a dit qu'il aimerait vivre avec elle pour un temps, Cécile a eu envie de lui ouvrir les bras. Puis elle avait réprimé cet élan. Est-ce bien sage de s'éloigner de ses parents? Est-ce la bonne solution pour lui? Et surtout, est-elle à la hauteur des attentes de son petit-fils? Cécile en doute. Quand elle lui en a parlé, Jérôme a pris le temps de bien réfléchir puis il lui a tout simplement répondu d'attendre encore un peu.

— Fais confiance à la vie, Cécile. Elle va te faire signe...

Mais en attendant ce signe qu'elle a bien de la difficulté à imaginer, Cécile devine aisément que François espère une réponse dans les plus brefs délais. Et elle ne sait toujours pas ce qu'elle va lui dire.

Jérôme aussi, de son côté, a discrètement surveillé François, depuis le matin. Il l'a vu se promener seul autour de la cabane, s'asseoir loin des siens pour le repas, à l'autre bout de la table, et là, maintenant, il se tient encore un peu en retrait même s'il écoute attentivement Mélina. Que se passe-t-il dans cette tête d'adolescent qui a été confronté à certaines réalités brutales? Jérôme l'observe à la dérobée. C'est un beau garçon, aux traits réguliers, à la chevelure claire et frisée. Mais son visage garde une opacité, une dureté même, surprenante. Comme s'il était désabusé et n'attendait plus rien de précis de la vie. Cette vie qui a parfois de ces exigences qui nous déroutent, qui nous agressent et nous semblent tellement inutiles... Puis François lève la tête et leurs regards se croisent. À ce moment, pour Jérôme, l'adolescent n'est plus un jeune comme les autres. Car Jérôme vient de reconnaître le regard de Cécile dans ces yeux bleus de nuit, un peu tourmentés. François, c'est encore un étranger pour lui, certes, mais c'est aussi son petit-fils. Une partie de son sang coule dans ses veines. Alors Jérôme étire un grand sourire. Pour lui autant que pour François. Le jeune, un peu surpris commence par froncer les sourcils. Puis il lui rend son sourire, timidement, comme à contre-cœur, avant de se relever pour se diriger vers l'extérieur de la cabane. Mais Jérôme garde son sourire. Dans le regard de François, il vient de trouver la solution. Comment se fait-il qu'il n'y ait pas pensé plus tôt? Le cœur et l'esprit en paix, il vient jusqu'à la table et prend le récipient de fer-blanc qu'il y avait mis après le repas. Puis ouvrant la porte, il lance en cherchant du regard:

— Eh, François! Pourrais-tu mettre un peu de neige là-dedans? Et la taper bien comme il faut. Je crois bien que la tire est prête... J'aimerais vérifier...

Les derniers invités viennent de quitter la cabane à sucre. Paul-André, le cousin de Jérôme, a fait quelques voyages en tracteur pour ramener tout le monde à la ferme. Avant qu'il ne parte, Cécile a pris François à l'écart et lui a dit qu'elle allait le rappeler bientôt. L'éclat de confiance qu'elle avait alors senti dans sa réponse avait aidé à prendre sa décision. Dès demain, en accord avec Dominique et André, elle va lui offrir de s'installer chez elle. Et on verra bien... Pour l'instant, elle se retrouve seule avec Jérôme et elle entend en profiter. Avec François chez elle, Cécile ne sait vraiment pas quand elle pourra revenir ici.

Appuyés l'un contre l'autre, à l'orée du bois, Cécile et Jérôme regardent le tracteur s'éloignant vers le soleil couchant. Le champ ressemble de plus en plus à une peau de vache, brune et blanche. Ils entendent les rires de Denis et de ses enfants. Puis le tracteur disparaît de l'autre côté du button. Alors Jérôme se retourne et passant un bras autour des épaules de Cécile ils reviennent sur leurs pas. Puis brusquement, Jérôme s'arrête et revient face au soleil, Cécile toujours tout contre lui.

— Il faut que je te dise...

Cécile lève la tête. Jérôme fixe l'horizon en respirant profondément. Il a l'air d'un conquérant devant une terre nouvelle. Dieu qu'elle l'aime! Comment se fait-il que cela lui ait pris autant de temps à s'en rappeler? Jérôme resserre son étreinte.

— Cécile, aujourd'hui, j'ai pris une grande décision... C'est Paul-André qui va continuer à s'occuper de la terre. Ce serait injuste de penser autrement. C'est toute sa vie... Il y a mis toute sa vie. Et puis, j'ai passé l'âge, je n'ai plus la main...

— Mais alors...

— Chut, laisse-moi poursuivre... J'ai envie de rabouter tous les morceaux de ma vie ensemble. Ce que je connais, ce sont les pommes, le cidre...

Puis penchant la tête vers Cécile.

— Qu'est-ce que tu dirais d'exploiter une cidrerie? Toi et moi...

— Une cidre...

— Oui, oui... Tu as bien entendu: une cidrerie.

Alors Cécile éclate de rire.

— C'est Denis qui serait content de t'entendre parler de la sorte. Il n'a pas cessé de me taquiner aujourd'hui en m'appelant Madame la Châtelaine...

Puis redevenant sérieuse.

— Et il n'arrête pas de me dire qu'il serait temps de songer à la retraite... Je... je vais y penser, Jérôme...

Mais aussitôt elle se reprend.

— Et puis non, je ne vais pas y penser. Pour une fois que je me fierais à mes intuitions sans passer des mois à tergiverser... J'embarque... Nous allons faire du cidre, monsieur... même si je n'y connais rien... Donne-moi juste le temps de m'occuper de François et...

— Mais François aussi fait partie du projet...

— Mais comment...

— François c'est aussi mon petit-fils, Cécile. Quand il a tendu la main vers toi, c'est un peu vers moi qu'il la tendait...

Alors nous allons faire un pied de nez à la vie, Cécile. Ce que nous n'avons pas eu le droit de faire pour notre fille et tous les enfants que nous rêvions d'avoir, nous allons le faire ensemble pour François. Qu'est-ce que tu en penses?

— Mais je ne vois pas...

— J'y viens... Mais d'abord...

Jérôme retire ses mitaines et les glisse dans ses poches. Puis il se penche vers Cécile et prend son visage entre ses mains. Il la regarde longuement. Le soleil courtise la ligne d'horizon et les ombres sont très longues derrière eux. Bientôt ce sera la nuit. Et Jérôme souhaite qu'il y ait encore des milliers de nuits dans leur vie.

— Cécile, je viens de prendre conscience que jamais avant je n'avais pensé à... La vie nous a avalés tout rond sans nous laisser le temps de faire les choses comme il se doit... Je crois qu'il est temps de se reprendre...

Alors plongeant son regard encore plus profondément dans celui de Cécile, il demande d'une voix enrouée par l'émotion:

— Cécile, est-ce que tu accepterais de

devenir ma femme? Au début de notre vie, je n'avais même pas pensé à te le demander. Tout est allé si vite... Malheureusement, même si je ne suis plus très jeune, aujourd'hui, je n'ai ni fortune ni gloire à t'offrir. Je n'ai que moi. Un curieux mélange d'homme et d'enfant. Quelqu'un qui s'appelle Jérôme mais qu'on a appelé Philippe. Je n'ai ni études ni diplômes. Mais je t'aime...

Deux larmes brillantes scintillent au coin des paupières de Cécile. Elle regarde Jérôme et ne voit plus ses rides, ni ses cheveux gris. Elle ne voit que ce regard noisette où miroite tout l'espoir du monde. Le même regard franc et droit qu'au matin de leur vie. Et cela lui suffit.

— Moi aussi je t'aime, Jérôme. Et peut-être encore plus que le soir où tu as demandé ma main à papa. Je te demande pardon de ne pas l'avoir compris avant... Mais vois-tu, il y a toute une vie qui nous sépare et aujourd'hui nous sommes différents. De là vient peut-être mon hésitation... Je ne sais trop... Mais qu'importe? Qu'importent les différences et les silences quand l'essentiel est intact? Je me fous de la gloire, des diplômes et des trésors. Parce que finalement, malgré cette vie sournoise qui nous a tenus loin l'un de l'autre, nous avons quand même atteint nos buts. Notre fille est là et j'ai un fils prêt à t'aimer. Et comme tu le dis si bien, nous avons aussi des petits-enfants. Alors oui, Jérôme, je veux t'épouser. De tout mon cœur. Et j'ose croire que ce ne sera que pour le meilleur. Parce que le pire est derrière nous...

Pendant un long moment, ils restent enlacés. Leur ombre se fond peu à peu à l'obscurité naissante mais ils n'osent pas bouger. Il leur semble que le monde retient son souffle au-dessus d'eux, complice de cet instant comme il y en a peu dans une vie et qu'ils n'ont pas le droit de bousculer quoi que ce soit. Puis quand le soleil n'est plus qu'un souvenir, sans parler, ils reviennent jusqu'à la cabane à sucre, main dans la main...

Ce n'est que plus tard, beaucoup plus tard dans la soirée, quand ils sont de retour à la ferme, que Cécile demande enfin:

— Mais pour François? Finalement tu ne m'as pas dit ce que...

Jérôme attise le poêle. Mélina est montée se coucher et eux aussi ils sont épuisés, frissonnants. La cuisine est plongée dans une douce pénombre et Cécile se berce près de la fenêtre.

— François? C'est fort simple...

Jérôme referme la porte du poêle de fonte et, attrapant une chaise au passage, il s'installe près de Cécile.

— Tu m'as déjà longuement parlé de lui. De ce qu'il a vécu, de la demande qu'il t'a faite, des besoins qu'il a... De ta peur aussi devant la responsabilité que cela impliquait. Mais cet après-midi, quand son regard a croisé le mien, j'ai tout de suite compris... Je crois savoir ce dont François a vraiment besoin... Que dirais-tu d'un voyage en France, avec lui?

— En France? Mais pourquoi en France?

Jérôme a pris Cécile par les épaules. Et regardant le rougeoiement de la flamme qui danse sur le plafond, il lui dit d'une voix très douce:

— Parce que, toi et moi, nous avons droit à un voyage de noces... Et que près de Caen, en Normandie, il existe un monastère qui fait des miracles pour retrouver sa vie.

À suivre...

ROMANS EN GRANDS CARACTÈRES

Fabienne Cliff
Le Royaume de mon père, Tome 1:
Mademoiselle Marianne

Claude Lamarche
Le cœur oublié

Marguerite Lescop
Le tour de ma vie en 80 ans

Louise Portal
Cap-au-Renard

.

Louise Tremblay-D'Essiambre
Entre l'eau douce et la mer
Les années du silence, Tome 1:
La Tourmente
Les années du silence, Tome 2:
La Délivrance
Les années du silence, Tome 3:
La Sérénité